KB023138

도망치고 싶을 때면 나는 여행을 떠났다

도망치고 싶을 때면 나는 여행을 떠났다

박희성 지음

프롬북스
frombooks

당신도 나처럼 도망치고 싶나요?

"나 여행 간다."

주변에 이런 말을 꺼내면 돌아오는 말은 비슷비슷하다. 몇몇은 잘 다녀오라는 말도 하지만, 대부분 또 가냐, 이번엔 어디로 가냐, 공부 안 하고 취직 안 하냐, 돈은 언제 모으냐, 일 안 하고 어딜 가냐……

그럼에도 여행을 떠났다. 스무 살이 되어 처음으로 해외로 나갔고, 이후 거의 매년 돈과 시간이 생기기만 하면 바로 떠났다. 여행이 좋았으니까. 가서 보고 듣는 새로운 문화의 자극도 좋았고, 처음 맛보는 음식들도 좋았다. 광활한 대자연의 아름다운 풍경에 숨이 멎는 듯한 감동을 받기도 했고, 대도시의 아름다운 야경과 함께하는 차가운 술의 달콤한 유혹도 잊을 수 없다.

오직 설렘과 기대만 있었던 것은 아니다. 설명할 수 없는 꺼림 칙한 감정도 있었다. 할 일을 미뤄두고 지금 여행을 떠나도 괜찮을까 하는 죄책감부터 아무것도 안 하고 여행만 가면 안 될 텐데 하는 후회까지 복잡한 감정이 비행기에 오르는 순간까지도 이어졌다.

예전에 우연히 알게 된 누군가가 이런 나의 말을 듣고 이해할 수 없다는 듯이 말했다. "여행을 떠나서 어떻게 다른 생각을 할 수 있어요? 여행하는 동안 모든 순간, 모든 상황이 즐겁고 신기하지 않아요? 그런 부정적인 생각이 들 시간도 없잖아요?"

아름다운 광경을 처음 마주하거나 목적지에 도착한 짜릿한 순간에는 '도망'이라는 생각조차 나지 않았다. 하지만 잠시라도 카페에 앉아 쉬거나, 혼자 숙소에 누워 있으면 언제나 내가 도망쳐온 것 아닌가 하는 잡념들이 떠올랐다.

어찌 생각해보면 도망치고 싶을 때마다 나는 여행을 떠난 셈이었다. 무너지는 댐처럼 멘탈에 조금씩 균열이 생길라치면 나는 여행을 떠났다. 겁이 많아 무서운 것들이 많은 것도 한몫했다고 볼수 있다. 사람들에게 치이거나 미래가 막막할 때 언제나 나는 피하고 싶었다. 댐이 무너지지 않을까 걱정하며 도망치는 장소로 여행을 선택했다.

맹수에 쫓겨 머리만 모래 속에 숨긴 타조처럼 어리석어 보일지 몰라도, 여행을 떠나 현재라는 두려움으로부터 강제로 떨어져야 속이 편했다. 비단 여행을 하는 나만 이런 생각과 감정을 공유하는 것은 아닐 것이다. 사람이라면 누구나 자기만의 동굴을 만들어 눈감고 피하고 싶어 한다. 그것이 여행이 될 수 있고, 누군가에게는 게임이 될 수도 있고, 누군가에게는 술이 될 수 있다. 또 누군가에겐 친구나 연인이 될 수 있다. 모든 사람이 자기만의 '무진(霧津)'을 가지고 살고 있기 때문이다.

누군가는 나와 같은 선택을 했을 수도 있다. 나만의 안전한 굴속으로 피신하듯 여행을 말이다. 도망칠 수조차 없어 무기력해질 바에 도망이라도 쳐서 잠시나마 나를 위로하는 것이다.

도망치듯 떠난 여행이었지만 그 속에서 만난 나의 모습은 거짓이 아니었다. 여행의 찬란한 순간을 기록하는 일도 의미 있지만, 여행을 떠나야만 했던 소심하고 겁이 많은 나를 다시 발견한 것이 더 크게 다가왔다. 그래서 어느 순간부터 여행을 하다가 떠오른 이런 잡념들을 하나씩 붙잡아 글로 적었다.

어느덧 모인 생각들이 꽤 많은 분량의 글이 되어 책으로 세상에 선보일 수 있게 되었다. 책의 내용이 도망쳤던 내 모습만을 말하지는 않는다. 여행을 떠나야 했던 이유, 그 여행지에서 만났던 세상 풍경, 떠나지 않았다면 결코 느껴보지 못했을 나의 감정, 그리고 세계 곳곳에서 마주한 수많은 유형의 행복까지.

책으로 나는 이렇게 말하고 싶었다. 도망치고 싶은 건 당신뿐만이 아니라는 것을. 우리 모두는 어디론가 도망칠 수밖에 없는 운명을 가지고 있으며, 도망치는 것이 그렇게 나쁘지만은 않다는 것을.

차 례

2장 가깝지도 멀지도 않게

3장 도망과 로망 사이

4장 겁 많고, 소심하고, 내성적인 여행자

1. 떠나는 이유

12월 24일.

공항은 평소와 다름없이 분주하다. 크리스마스 연휴를 맞아 해외로 떠나는 인파로 더 붐벼 보이기도 하다. 근처 바다에서 짠내가 풍겨와 여행 기분이 제대로 난다. 공항버스에서 내릴 때 이 냄새가 빠지면 섭섭하지.

줄을 서 잠시 기다렸다가 몇 주 동안 버틸 만큼의 옷가지와 소소한 준비물을 담은 거대한 짐 덩어리를 컨베이어벨트에 올리고 수속을 마친다. 효율적인 공항 시스템 덕택에 사람들이 아무리 많아도 떠날 준비는 금세 끝난다. 그래도 혹시라도 지각해 비행기를 놓칠까봐 집에서 세 시간 일찍 출발한 덕분에 출국까지는 두 시간 반이나 남았다.

전광판에 내가 타야 하는 비행기의 정보는 아직 보이지 않는다. 공항 한구석에 있는 커피숍 옆 벤치에 자리를 잡고 앉아 오가는 사람들을 보았다. 다양한 표정들이 해외로 나갈 채비를 하고 있다.

들뜬 얼굴들 사이로 긴장한 듯한 무표정과 어디가 불편한지 미간을 살짝 찌푸린 표정도 있다.

내 표정을 내가 보지 못한다는 사실이 안타깝다. 남들이 보는 내 표정은 어떨까. 설렘 가득한 웃음 짓는 얼굴일까, 긴장해서 앙다문 얼굴일까, 아니면 나 역시 미간을 찌푸리고 걱정 가득한 얼굴일까.

설레는 기분 한편으로 가슴속 어딘가 숨어 있던 다른 감정이 불현듯 솟구친다. 두근두근 심장 박동이 목까지 울려 퍼진다. 부정맥은 아니고, 긴장인지 설렘인지 알 수는 없는 감정 덕분에 시끄러운 공항에서도 심장 울리는 소리가 명확히 들려온다. 내 감정을 내가 모른다는 이 기분이 묘하다.

나의 마지막 출국은 그러했다.

여행에서 돌아오자마자 전 세계가 코로나 때문에 문을 걸어 잠갔다. 여행은커녕 업무차 해외로 떠나기도 어려운 시대가 도래했다. 여행이 선사해줬던 수많은 감정들을 느끼기 힘드니 갈증이 더욱 심해진다. 갈증을 느끼는 건 나뿐만이 아니다. 해외여행자 수가 급증하여 최근까지만 해도 매년 수천만 명이 해외로 떠났다. 그들 역시 나처럼 다시 여행이 시작될 날을 기다리고 있을 테다.

이 시국에도 사람들은 여전히 여행을 갈망한다. 해외로 나가지 못한다면 국내로라도 떠난다. 이 방랑벽에 걸린 사람들은 집을 떠나 돌아다니는 행위를 절대 멈추지 못한다. 사태만 진정되면 다시 시간이 날 때마다 여행을 떠날 것이 분명하다.

그런데, 어쩔 수 없는 상황으로 여행이 멈추니 오히려 여행하는 내가 선명하게 보인다.

도대체 여행이 뭐기에 이토록 그리워하고 나가지 못해 안달이 나는 걸까? 여행을 떠나는 사람들이 많은 만큼 이유도 가지각색이다. 누군가는 새로운 문화를 즐기고 싶어 떠난다. 익숙한 의식주에서 벗어나 신선한 자극을 바란다. 새로운 음식, 새로운 문화, 새로운 풍경에서 받게 되는 낯선 느낌이 좋기 때문이다. 따분한 일상을 벗어나기 위해, 또는 단순히 쉬기 위해 떠나는 사람들도 있다. <비포 선라이즈>처럼 누군가는 뜻밖의 만남을 내심 바라며 여행을 떠난다. 이 사회나 현실에서 도망치고 싶어 해외로 향하는 사람들도 있다. 아주 잠시만이라도 행복을 꿈꾸기 위해서……

물론 모든 여행이 단편적인 감정의 여정일 리 없다. 휴가를 받아 떠나는 여행이라도 자세히 들여다보면 복잡한 감정들이 섞여 있다. "그냥 떠나고 싶다"라고 툭 던지는 한마디지만, 많은 이유가 숨어 있다. 그동안 나 역시 하나로 꼽을 수 없는 수많은 감정을 안고 여행을 떠나곤 했다.

무엇보다 나는 여행을 하면서 새로운 나를 만날 수 있었다. 한국에서 나는 스스로를 객관적으로 바라볼 수 없었을 뿐만 아니라 사람들이 고정시킨 나의 이미지에 얽매여 살았다. 새로운 사람을 만나도 빵틀에서 찍어낸 내 이미지의 가면을 명함처럼 건네는 기분이었다. 학교에서는 성실한 학생으로, 회사에서는 일은 잘 못해도 무언가는 하는 직원으로, 친구에게는 착하지만 말수가 적은 아이로……. 모난 돌 깎듯이 다양한 감정들을 갈아내고 숨겼다. 그러면서 어느새 '나는 누구인가'라는 본질적인 질문은 던지지 않게 됐다. 남들의 시선에 맞춰 움직이니 내 시선도, 시야도 좁아질 수밖에.

여행은 이런 나를 밖으로 끌어내고, 나의 가면을 벗겨냈다. 그리고 진정한 나와 마주할 수 있게 해줬다. 일상과 사회로부터 떠나 있는 동안 내 민낯을 마주하다 보면 내가 좋아하는 것이 무엇인지 생각할 수 있고, 내가 진정 원하는 행복이 무엇인지 고민할 수 있었다. 말수가 없는 나였지만 한 방에 여섯이 넘는 여행객들과 어울려 지내면서 오랜 동무처럼 정겹게 이야기도 하고, 화려한 축제 속 인파 속에서 내가 아닌 듯 새로운 기분으로 타인을 대할 수도 있었다. 거꾸로, 여행 중 친한 사람들이 생기더라도 원한다면 혼자만의 시간을 가질 수 있었다. 눈치 보며 남에게 끌려다니지 않고 삶의 선택권을 내가 가질 수 있었다. 나아가 나만의 시선, 혹은 한국사회의 시선으로만 바라보던 자신과 세상을 좀 더 여유 있게 볼 수 있게 되었다. 내 안에 스스로 감춰두었던 나를 꺼내 좀 더 객관적으로 보게 된 것이다.

솔직히 말하자면, 여행으로 삶이 급작스럽게 바뀌지는 않았다.

변화는 순간적으로 일어나지 않고 스며들 듯 찾아왔다. 여행을 하면서 대면한 '나에 대한 질문들'이 조금씩 알게 모르게 나를 새롭게 만들었다. 여행이 인생의 해결책을 제시해주지는 않았지만 적어도 내가 어떤 길을 걸어가는 중인지, 걸어가야 하는지 생각할 시간을 준 셈이었다.

앤드류 매튜스라는 작가는 "목적지에 닿아야만 행복한 것이 아니라 여행하는 과정에서 행복을 느낀다"라고 말했다. 나 역시 여행이라는 이야기의 결말만을 보기 위해 여행을 떠나지 않는다. 여행지에서 이런저런 활동을 하며 즐거운 나날을 보내기 위함도 있지만, 무엇보다도 내게 여행은 길 위에서 진정한 나를 만나기 위한 것이다. 여행을 통해 외롭고 힘든 삶에서 도피하는 나 자신을 발견하고, 세상에 존재하는 다양한 삶들을 만나며, 나에 관한 질문들을 던질 수 있다.

결국 결론은 하나로 모아진다. 나는 행복하고 싶어서 떠난다.

2. 너는 도피를 하는 거야

"너는 여행을 좋아하는 게 아니라 도피하는 것뿐이야."

두 달간의 여행을 다녀온 뒤 그 여운이 끝나갈 무렵, 학교에 복학하기 전이었다. 공부는 손에 잡히지 않고, 매일 침대에 누워서 휴대폰만 만지작거렸다. 학생의 본분은 공부라는데, 공부하지도 않으면서 힘들다는 말을 입에 달고 살았다. 집에 있어도 편하지 않고, 이유도 모른 채 마음이 무거웠다. 그래서 다시 여행을 가고 싶다고 말한 나에게 술에 취한 친구가 의미심장한 말을 던졌고, 그 말이 내 정곡을 찔렀다.

사회라는 정글에서 살아남기에 나는 너무 나약했다. "하고 싶은 것을 하세요"라고 말하면 "하고 싶은 것이 없는데요"라고, "잘하는 것을 하세요"라고 말하면 "잘하는 것이 없는데요"라고 대꾸했다. 잘하는 것도, 하고 싶은 것도 없는 사람에게 세상은 호락호락하지 않다. 학벌을 요구하고, 스펙을 요구하고, 대외활동을 요구한다. 나이가 좀 더 들면 아파트를, 차를, 결혼을 요구한다. 바로 내 옆에서 강요하는 사람은 없다 해도, 이 절차를 하나하나 밟아가지 않으면 사회에서 도태될 것 같은 기분이 들었다.

따지고 보면 지금껏 내가 했던 여행들은 도피가 맞다. 수능을 보고 떠난 첫 여행부터가 세상 견문을 넓히기 위한 것이 아니었다. 이제 곧 시작할 대학생활이 두려웠다. 무엇을 해야 하는지조차 몰랐다. 그래서 그냥 도망쳤다. 청소년 시절과는 달리 성인이 되면 자신의 모든 선택에 스스로 책임을 져야 한다. 그 책임이 두려워 도망쳤다.

이번에 다녀온 두 달간의 장기여행도 사회로 나가기 두려운 마음 때문이었다. 남들처럼 빨리 학교를 졸업하고 독립된 삶을 위해 사회로 뛰어들어야 했지만, 무책임하게 떠났다. 처음 사회생활을 할 때도 진로에 대한 고민에 지쳐서 여행이라는 도망을 택했다.

당연하게도 무작정 도망친 여행지에 파랑새는 없었다.

영화나 소설을 보면 주인공이 여행지에서 귀인을 만나거나 새로운 도전을 한다. 우연히 만난 사람에게서 인생 조언을 듣거나, 여행지에서 깨달음을 얻은 뒤 귀국하여 180도 달라진 삶을 산다. 하지만 나에게 그런 일들은 일어나지 않았다. 여행지에서 나는 그냥 먹고, 구경하고, 잠들었다.

새로운 경험도 해보았지만 나를 바꿀 만큼의 큰 자극은 아니었다. 그래도 계속 집을 떠나 여행을 하고 돌아오는 날들을 반복했다.

도망치듯 떠난 여행에도 나름의 의미는 있었다. 도망은 상대할 수 없는 무언가를 만났을 때 하는 행동이다. 물리적으로 강한 힘을 보고도 도망가지만 견디기 힘든 아픔, 이별의 슬픔, 혹은 거대한 사회가 주는 불행을 보고도 도망간다. 나는 그 도망의 종착지를 여행으로 삼고 숨어들었다. 강한 적을 마주치면 도망가라는 격언을 그대로 따랐다.

자신을 가로막는 벽을 만났을 때 두려움을 이겨내고 몸으로 부딪치며 깨뜨려 넘어서는 사람들도 있다. 나는 그들이 아니었다. 그들처럼 하다가 결국 쓰러져 아파했던 기억밖에 없었다. 실패를 거듭하면서 그들을 따라갈 수 없다는 사실을 깨닫고, 나는 먼저 피하는 방법을 알게 되었다.

물론 피하는 것이 끝은 아니었다. 결국 어떻게든 마주칠 수밖에 없었다. 두려워서 피하고 싶지만 공부를, 사회생활을, 인간관계를 포기할 수는 없었다. 다만 여행으로, 이 모든 것을 피해 도망친 여행으로 나는 그 압박을 견딜 방향을 찾았다. 말하자면 시간이 필요했고, 그 시간을 위해 여행을 떠났던 셈이다. 인생에 여러 방향이 있듯이 나의 방향도 다르게 펼쳐졌을 뿐이다. 파랑새를 만나기 위해 여행을 떠난 것이 아니라 여행이 파랑새였다.

도망쳐 떠났던 여행이라도 나의 감정은 진실이었다. 여행이라는 단어만 들어도 두근거리는 마음은 어쩔 수 없다. 공항에 도착해 분주히 캐리어나 배낭을 지고 움직이는 사람들을 보면 어느새 짝사랑 상대가 말을 건 듯 가슴이 뛴다. 공항문이 열리면서 들어오는 옅은 바다 내음과 공항 특유의 냄새 때문에 괜히 숨을 한번 크게 쉬어본다. 비행기의 육중한 진동은 몇 번이나 마주해도 설렌다. 처음 목적지에 도착하면 긴장도 하지만, 그곳에서 사흘 정도만 지내면 따뜻한 솜털 같은 안정감이 느껴진다.

여행을 떠나지 않으면 결코 느낄 수 없는 감정들이다. 새로움과 색다름, 그리고 두근거림. 누군가는 여행을 가지 않고도 이런 감정을 느낄 수 있을지 몰라도, 적어도 나는 떠나야만 느껴졌다. 이런 기분들은 여행으로 도망쳐온 나에게 기운을 북돋아주었다. 그리고 이 감정들이 나의 무기가 되었다.

어찌 보면 친구의 말처럼 나는 도피하고 싶어서 떠나는 것이었는지도 모른다. 그리고 도피라는 단어가 주는 부정적인 뉘앙스 때문에 이 사실을 부정했던 것인지도 모른다. 그러나 돌이켜보면, 나는 여행을 통해 내 정신이 감당할 수 없는 일을 피했을 뿐이다. 훗날을 도모하기 위해 잠시 몸을 숨겼다고 할까.

3. 비행기 안에서

 출발하는 기체의 육중한 진동이 울리면 괜히 설렌다. 촌티 내지
않으려 무표정한 얼굴로 의자에 머리를 기대고 앉아 있지만 슬쩍
샛눈으로 창문을 본다. 재채기와 사랑을 숨길 수 없듯이 설레는
표정 또한 숨길 수 없다.

 이륙 전 마지막으로 휴대폰에 밀린 메일과 메시지를 정리하고
비행기 모드로 바꿨다. 이제부터 한동안 바깥세상과 단절이다. 남
들에게 연락이 오는 걸 걱정할 필요도 없지만 반대로 심심해서 인
터넷을 돌아다니는 일도 금지다. 옆자리 이름 모를 아저씨들이 이
야기를 나누고 있다. 나는 대화할 상대도 없이 완벽하게 혼자다.
이런 상황을 은근히 기대하고 있었다. 아무도 나를 방해하지 않는,
마치 산골짜기 작은 절에 혼자 있는 그런 상황 말이다. 복잡한 세
상에서 벗어나 혼자 있고 싶었기에 이런 단절이 반갑다.

 곧 비행기가 거대한 소음과 함께 천천히 내 몸을 뒤로 밀어내면
서 출발신호를 온몸에 전달한다. 창문 밖 잔디밭이 서서히 뒤로 밀

려난다. 비행기만큼 여행에 대한 설렘을 북돋아주는 게 또 있을까.

온몸의 세포가 순간적으로 강한 압박을 받는다. 비행기가 중력을 거스르며 하늘로 솟구치기 위해 힘을 꽉 준다. 높이 올라갈수록 귀가 먹먹해진다. 승객들을 강하게 짓누르는 중력은 비행기가 이륙하는 중이라는 뜻이다. 이제부터 비행기 안과 밖은 완전히 단절된다.

비행기는 지상을 벗어났지만 하늘을 부유하는 연옥이다. 죽었지만 천국으로 가지 못하고 남은 죄를 씻기 위해 버티는 연옥. 비행기 안에 있는 나 역시 이미 한국을 떠났지만 여행지에는 아직 도착하지 않았다. 버리고 오지 못한 걱정과 여행에 대한 기대감으로 아련히 창문만 쳐다봤다. 누군가와는 완전히 차단된 상태지만 나에게 집중하기 어렵다.

나에게 집중을 하든 못하든 상관없이 비행기는 고고하게 하늘 위를 날아간다. 아직 땅에 있는 현실 걱정이 가득한 나와 다르게 비행기는 땅과 완전히 멀어졌다. 오직 관제탑과 연락하는 조종사만이 땅과 연결되어 있고, 기내의 승객들은 모두 완전한 고립에 들어섰다. 이제는 땅 위에 어떤 일이 일어나도 모른다. 하늘에 있는 사이 지구가 갑자기 멸망해버려도 승객들은 알 길이 없다.

영화 <터미널>은 지구까지는 아니지만 나라가 망해버려 여권이 정지된 한 남자의 이야기를 보여준다. 톰 행크스가 연기한 주인공

빅터 나보스키가 뉴욕으로 향하는 비행기 안에 있는 동안 그의 조국 크라코지아에선 쿠데타로 인해 내전이 일어난다. 비행기에서 육지의 상황과 완벽히 차단된 나보스키는 이런 사실을 알지 못한다. 그래서 공항에 내려 입국심사를 받는데, 여권이 정지되어 있다. 엎친 데 덮친 격으로 비자 또한 취소되었다. 나보스키는 비행기에서 내린 순간 공항을 빠져나갈 수도, 다시 비행기를 타고 고국으로 갈 수도 없는 상황에 빠진다.

영화는 공항에 도착한 이후의 일을 다루기 때문에 우리는 비행기 안에 있는 나보스키의 모습을 알 수 없다. 다만, 자신이 알고 있던 크라코지아에서 출발해 자발적 고립 상태로 들어가는 나보스키를 상상할 수는 있다. 나보스키뿐 아니라 비행기를 타는 우리역시 육지와 모든 연이 끊기는 고립된 장소에서 고요한 비행을 즐긴다. 예정된 비행이 끝나면 우리가 알고 있는 육지로 다시 돌아갈 수 있다고 믿기 때문이다. 비행공포증을 가진 사람이라면 비행중 어떤 일이 일어날지도 모른다는 공포심을 가질 테지만, 대개는 영원한 지구의 품을 떠나지 않으리라는 믿음 덕분에 자발적인 고립을 즐긴다.

이런 믿음과는 다르게 나보스키의 고립은 비행기에서 내린 후에도 이어진다. 이번에는 비자발적인 고립 상태다. 비행기 공간이라는 자발적 고립에서 나와 공항에 도착했지만 말이 통하지 않는다.

나보스키는 모든 정보가 통제되면서 왜 공항에서 벗어나면 안 되는지 알아듣지 못한 채 비자발적으로 고립에 빠지고 만다. 자신의 나라가 어떤 상황인지, 내가 왜 공항에서 벗어나지 못하는지, 심지어 의식주의 해결조차도 어떻게 하는지 모른다. 공항 안에 모든 사람들은 이미 알고 있는 정보를, 즉 크라코지아의 내전, 공항 직원과 대화하는 방법, 계산하는 방법 등을 나보스키만 모르고 있다. 시간이 흐르면서 사건의 전말을 알게 되긴 하지만, 비자발적 고립에 빠진 나보스키는 선택지가 없다.

나보스키를 연기한 톰 행크스는 영화 <캐스트 어웨이>에서도 자발적 고립에 대한 믿음을 배신당한다. 안전하다고 믿었던 비행기가 추락하고, 톰 행크스만이 살아남아 무인도에 갇히게 된다. <터미널>에서나 <캐스트 어웨이>에서나 주인공들은 비행기라는 자발적 고립에서 비자발적 고립으로 이어진다.

우리가 두려워하는 고립은 자신이 통제할 수 없는 이런 비자발적 고립이다. 출발과 도착이 예측 가능한 비행기 안에서의 고립은 관계에 지쳐 있는 나에게는 일상의 도피로, 여행 전후 잠시 쉬는 시간이 될 수 있다. 그러나 공항이나 무인도에, 그것도 아무런 준비 없이 갑자기 갇힌다는 것은 상상조차 힘든 일이다. 같은 곳이라도 공항에서 일주일 동안 살면서 글을 썼던 알랭 드 보통이나 무인도에서 자연인 생활을 하는 사람들과는 다르다.

나를 싣고 나르던 비행기는 어느새 도착지 근처에 도달한다. 창문 밖 흰 구름만 가득하던 풍경이 어느새 푸른 잔디와 도로로 꽉 차 있다. 땅과 다시 만나면서 잠시 벗어났던 다양한 감정들과 재회한다. 비행기가 고도를 낮추면서 이륙 시 느꼈던 강한 압박이 귀 안쪽 깊은 곳을 누른다. 이런 먹먹해지는 순간은 마치 고립된 공간 속으로 드나들기 위한 예방주사 같다.

비행기 바퀴가 땅에 닿으면서 쿵 하는 진동과 함께 굉음이 울린다. 현실로 돌아온 것을 축하하는 굉음의 오케스트라다. 안전하게 도착했다는 승무원의 사인이 내려지고, 사람들은 고립에서 벗어나 현실로 돌아온다. 다행히 내 삶은 영화가 아닌지라 나 역시 현실로 돌아온다. 분주하게 짐을 챙기는 사람들의 손에서 수많은 알림 메시지가 울린다. 자발적 고립에서 벗어나게 된 나도 어쩔 수 없이 휴대폰을 켜고 밀린 메시지들을 확인한다. 비행 중이었다는 답장을 보내고, '여행 중이라 연락이 잘 안 될 거다'라는 변명으로 다시 즐거운 고립 상태로 들어간다.

4. 아름다운 순간은 생각보다 가까이 있다

군 전역을 앞두고 다들 한 번쯤 해봤을 사회에서 하고 싶은 일 목록을 만들었다. 말하자면 버킷리스트다. 그중 가장 중요하게 생각하고 열심히 준비하던 것이 바로 여행이었다. 세상은 넓고 보고싶은 것은 많았다. 넓은 지구의 크기만큼 광활한 자연이 전 세계에 뻗어 있다. 자연뿐이랴. 파리나 뉴욕 같은 활기 넘치는 대도시는 어디를 봐도 눈 돌아갈 만한 풍경들이 차고 넘친다. 전역 직후에 열리는 올림픽이라는 굵직한 이벤트도 보고 싶었고, 맛있는 음식도 먹고 싶고, 힐링 가득한 휴양지도 가고 싶었다.

어디를 갈까 행복한 고민을 하면서 여행서를 쌓아놓고 루트를 짜던 즈음, 부대에 <태양의 후예> 열풍이 불었다. TV 보는 것이 인생의 낙인 군대에서 군대가 소재인 드라마라니, 이것만큼 재밌는 것이 또 있을까. 군대의 현실과 다른 내용이 나오면 함께 욕하기도 하고, 나도 전역하면 저렇게 예쁜 여자친구가 생기겠지 속으로 생각하면서 모두가 한마음으로 빠져들었다.

여주인공이 "어떻게 이런 곳이 있죠? 기절하게 예뻐요!"라고 말했다. 하얀 백사장과 절벽으로 둘러싸인 하늘색 바다, 그리고 난파선이 있어 더욱 환상적인 느낌을 주는 나바지오 해변이었다. 그 순간 어디로 여행을 하든 마지막 목적지는 무조건 자킨토스의 나바지오 해변에 가기로 결정했다.

나바지오 해변을 가려면 수십 시간 버스와 배를 타야 하는 고통이 예상되었기에 포기할까 생각도 했지만, 드라마 속 해변의 아름다운 모습을 상상하며 기운을 냈다. 그리고 마침내 꿈에서도 나오던 나바지오 해변에 도착했다.

전날 밤에 하늘을 보니 구름이 끼어 별빛이 보이지 않았다. 이 완벽한 해안을 머릿속으로 끊임없이 그리고 그리며 이곳까지 왔는데 혹여나 비라도 올까봐 걱정이 됐다. 하지만 아침에 눈을 뜨니 하늘은 그 어느 때보다 더 맑고 투명하다. 바다를 그대로 하늘로 옮겨놓은 듯 푸른색 하늘엔 구름 한 점 없다. 미리 예약하면서 전달받은 시간에 여행사 앞으로 갔다. 혹시나 시간을 놓칠 것을 걱정해 20분이나 먼저 갔지만 흥분과 들뜬 감정을 감추지 못해 기다리는 것도 지루하지 않았다. 버스에는 이미 많은 사람들이 있었는데 다들 가족이거나 연인이다. 평소 다른 로맨틱한 곳을 갔을 때는 혼자인 게 외로웠지만, 드라마에서 본 나바지오 해변을 상상하느라 외로움도 느껴지지 않았다. 버스는 곧 선착장으로 승객들을 데려다주고, 우리는 작은 보트에 탑승했다.

배 밑바닥에는 작은 유리창이 있어 바닷속이 보인다. 자킨토스의 바다가 얼마나 맑은지 자랑하듯 배 밑의 하얀 모래와 물고기들을 보여준다. 선상으로 올라가니 햇빛이 물에 반사되어 반짝이고 있다. 너무 파란 하늘과 바다인지라 어디가 경계인지 어지럽다. 배가 헤엄치며 불어오는 바닷바람과 간간이 튀어 오르는 물보라를 보자니 미소를 숨길 수 없다. 파도에 햇빛이 부딪치며 부서져 바다에 수많은 태양이 떠 있는 것 같다. 그렇게 바다를 즐기던 순간, 드디어 바다의 파랗고 진한 빛깔이 점차 영롱한 하늘색으로 바뀌었다. 그리고 저 멀리 웅장한 흰색 절벽 아래에 난파선이 모습을 드러냈다.

파워에이드 같은 비현실적인 바다와 하얗고 거대한 절벽, 그리고 녹슨 난파선까지. 파랑새는 없다고 했지만, 나의 파랑새는 바로 이곳에 있었다. 부푼 가슴을 안고 배에서 내렸다. 차가운 바닷물에 발이 닿아 물의 감촉을 느끼니 헛웃음이 절로 나온다. 초등학생 시절 예상치 못한 상장을 갑자기 받게 되었을 때의 기쁨과 비슷했다. 마음속 깊은 곳에서부터 올라오는 웃음이다. 혼자 실실 웃으면 미친 사람처럼 보일까봐 씰룩이며 올라가는 입꼬리를 겨우 진정시켜보지만, 이처럼 아름다운 곳에서 웃지 않을 방법이 있을까.

나바지오 해변의 명물인 녹슨 난파선에는 <태양의 후예>에서처럼 배 위에 수많은 흰색 돌들이 크리스마스트리 장식처럼 줄지어 나열되어 있다. 난파선에서 해안을 바라보니 어디가 하늘이고 바다인지 다시 구분되지 않는다. 절벽 아래의 그늘에도 누워보고, 바다에 들어가 시원한 물의 감촉을 느낀 뒤 다른 사람들처럼 따가운 햇살 아래에 앉아 살을 태운다.

아무 생각도 들지 않는다. 너무나도 꿈만 같은 일들이라 비현실적으로 느껴진다. 맑은 햇빛 아래에서 바다 짠내음을 맡으면 저절로 노래가 튀어나와 흥얼거리게 된다. 혼자 해변에 앉아 무력한 행복을 즐기고 있는데 우리 배에 탔던 가이드 아저씨가 다가와 말을 건다. 이탈리아 밀라노 출신의 아저씨는 이 해변이 좋아 5개월 전에 아예 이곳으로 와서 가이드 일을 시작했다고 한다. 5개월째 하루에 한 번 이 해변에 오지만 아직도 이 해변이 너무나 아름다워 자신의 일이 행복하다고 입에 침이 마르도록 자랑을 한다. 이런 해변을 매일 볼 수 있는 직업이라니, 하늘이 내린 꿈의 직장이 아닐까.

평생 이 해안에서 살고 싶지만 아쉽게도 떠날 시간이 되었다. 배에 올라타서도 미소를 지울 수 없다. 햇빛이 가득한 배 옥상에 앉아 난파선에게 마지막 인사를 고하고, 배는 다시 푸른 바다를 향해 떠난다.

이 나바지오 해변 투어는 해변만 가는 것이 아니라 블루 케이지라고 불리는 수중동굴과 각종 해안을 돌아보는 일정을 포함하고 있다. 배는 해안 가까이에서 이동하며 해변의 다채로운 모습들을 하나씩 보여준다. 여기저기 구경을 하다 드디어 블루 케이지에 도착했다. 하얀 기암괴석 사이로 세월이 만든 천연동굴에서 바람소리가 들어갔다 나오며 신기한 소리를 만들어내고 있다. 가이드의 신호와 함께 배에 있던 사람들이 하나둘씩 바다로 다이빙을 한다. 사람들을 따라 나도 바다에 뛰어들었다. 발 아래로 모래가 선명하게 보이는 맑고 투명한 물이다. 수영을 잘하지는 못하지만 우주유영을 하는 우주비행사가 된 듯 유유자적 물 위를 떠다니며 순간을 즐긴다.

투어를 마치고 호텔로 돌아가는 길에도 그 여흥이 남았는지 피곤함에도 불구하고 엔도르핀이 여전히 솟구친다. 이렇게 멋진 하루를 보내는 동안 외로움이 느껴지지도, 걱정도 떠오르지 않았다. 지금 내가 이곳에 있고, 내가 무엇을 하는지, 그것만 머리에 남았다. 사랑스러운 해안을 바라보는 것만으로도 시간이 흐르는데, 걱정과 후회로 시간을 낭비할 수는 없다.

그리고 이 기억은 수년이 지났지만 여전히 내 머릿속에 아련히 자리 잡고 있다. 가끔 사진첩을 뒤적여 사진을 보거나, TV나 인터넷에 이 해안이 등장하거나, 햇빛이 너무 예쁘게 세상을 비출 때, 그때의 기억이 다시 생생히 떠오른다. 추억이 추억으로만 남지 않고 기억의 바다에서 천천히 떠오르면 그때의 감정도 함께 떠오른다. 외로움도 걱정도 없고 나만 오롯이 남는 그 순간의 감정. 아름다운 순간은 생각보다 가까이 있다.

5. 휴양지를 꿈꾸며

알람소리 없이 눈을 떴다. 햇빛이 벌써 따듯하게 얼굴을 감싸고 있다. 평소라면 알람소리가 들려도 피곤한 눈꺼풀이 올라갈 생각을 하지 않았을 테지만, 태양빛으로 잠에서 깨니 침대에서 눈을 세 번 깜박거리기만 해도 잠이 달아난다. 베개를 쥐고 하염없이 고개를 떨구던 지난날들과 달리 곧바로 일어나 침대 밖으로 나왔다. 커피스틱을 털어 커피 한 잔을 만들어 쥐고 테라스로 나간다. 서두를 이유가 없으니 느적느적 작은 의자에 앉아 커피를 마신다. 바삐 돌아가는 바깥 풍경과 다르게 하염없이 여유로운 내 모습이 믿겨지지 않는다.

아직 따듯한 커피잔을 아무데나 올려두고 세수를 한다. 눈곱만 대충 떼고 조식을 먹으러 내려간다. 엘리베이터 안에는 수많은 우리가 타고 있다. 각자 다른 모습이지만 모두 같은 이유로 작은 공간을 공유한다. 2층을 알리는 종소리가 울리고 우르르 내린 우리는 이제는 떨어져 각기 다른 테이블로 간다. 하지만 다시 모이는

데 1분이 채 걸리지 않는다. 정갈하게 차려진 아침상들 앞에 일렬로 선 우리는 다시 같은 목적을 향해 컨베이어벨트 위 물건들처럼 조금씩 움직인다.

오늘 조식은 쌀국수다. 아침은 든든하게 먹어야 한다는 엄마의 지론 때문에 머리를 말리면서 한두 입씩 집어넣던 식사와는 다르다. 저녁식사에 버금갈 정도로 접시 가득 음식을 담는다. 먹기 좋은 크기로 잘린 햄, 쫀득함이 살아 있어 서로 떨어지지 않는 만두, 안에 무엇이 들었는지 모르지만 집는 순간 바삭함이 느껴지는 빵, 거기에 화룡점정으로 쌀국수까지. 탄수화물에 단백질, 지방의 균형은 무너졌지만 손이 절로 가는 아침밥상이 오랜만이다.

아침은 황제처럼, 저녁은 거지처럼 먹어야 건강하다고들 하는데, 황제 같은 식사가 바로 여기 있다. 식당을 가득 메운 사람들이 저마다 만족스런 표정으로 하나둘 사라진다. 나도 자연스레 식당에서 나와 방으로 올라간다. 그리고 다시 침대에 엎어져 베개를 품에 안고 가이드북을 열어본다. 오늘은 뭐하지? 계획이 없는 것이 오늘의 계획이다. 한참을 그렇게 누워 있지만 누구도 나를 방해하지 않는다.

서서히 잠들려는 찰나, 바다가 보고 싶어졌다. 간단히 옷만 걸치고 호텔 밖으로 나서니 아침에 나를 깨워준 햇빛 아래 비릿한 바다냄새가 풍겨온다. 엎어지면 코 닿을 거리에 바다가 있다. 시원한 바닷바람이 식당 앞 웨이터처럼 나를 바다로 이끌고 간다. 백사장 작은 파라솔 아래 비치의자에 누워 있으면 종업원이 음료나 맥주가 적힌 메뉴판을 들고 온다. 자리 대여에 비용은 없다. 음료수나 맥주만 주문하면 몇 시간이든 머무를 수 있다.

술을 잘하지 못해 낮술은 위험하지만, 구름 한 점 없는 하늘에 태양이 빛나고 하늘을 닮은 바다가 푸르게 철썩이는 이 순간, 맥주를 거절할 이유가 없다. 가져다준 맥주에는 냉기가 살아 있다. 캔뚜껑을 따니 청량한 소리와 함께 거품이 뿜어져 나온다. 목을 타고 넘어가는 맥주의 따가운 탄산 때문에 찔끔 눈물이 나온다. 한 모금 마신 맥주캔을 모래 위에 살짝 박아두고 휴대폰으로 음악을 골라본다. 댄스음악을 듣자니 이런 잔잔한 분위기에 어울리지 않을 것 같다. 발라드를 듣자니 이건 또 너무 잔잔하다. 뙤약볕을 피한 그늘 아래에서 어울리는 건 역시나 포크송이다. 음악을 틀고 챙겨온 책을 읽는다. 가벼운 책이라 어느 부분을 펼치더라도 무난히 읽을 수 있다. 남은 맥주를 홀짝이며 책을 읽다 보면 알딸딸한 기운에 얼굴이 달아오른다. 노래와 파도소리와 저 멀리 알아들을 수 없는 대화소리가 섞여서 들릴 때쯤 눈이 서서히 감긴다. 읽던 책을 그대로 접어두고 낮잠에 빠진다.

한 시간은 잔 듯한데 30분 정도 지났다. 기지개를 크게 펼치고 일어나 이제 시장으로 향한다. 갖가지 구경거리가 사람들을 유혹하지만 가장 눈에 띄는 건 역시 길거리음식이다. '반미'라고 불리는 부드러운 바게트 샌드위치를 하나 쥐고 다시 시장을 구경한다. 빵이 부드러워서인지, 볼거리가 많아서인지 큰 바게트를 순식간에 먹어치운다. 손에 묻은 소스를 빨아먹다 보니 앞에 있는 과일들이 먹음직스러워 보인다. 따듯한 대기 속에 갖가지 과일향이 섞여 달콤한 향수처럼 온 거리를 휘감고 있다. 과일 하나 사려면 비싸서 손이 덜덜 떨리는 한국과는 달리 과일이 킬로그램당 천 원 꼴이다. 심지어 현지 직송이라 신선도도 한국보다 낫다. 망고 몇 개를 사서 잘라달라고 부탁한다. 무심하게 칼로 슥슥 자른 망고는 새콤한 맛보다는 달콤함이 압도한다. 잘 익어 망고 특유의 향이 터져 나온다. 한국에서 망고를 먹는다면 망고 가운데 있는 심지에 붙은 과육이 아까워 갈비 뜯듯 어렵게 먹었을 테지만, 현지 망고는 대충 먹고 버려도 먹을 게 많다.

길거리음식들로 충분히 배를 채웠으니 이젠 아무 카페나 들어가 앉아서 논다. 아무것도 하지 않고 멍 때려도 좋고, 책을 읽어도 좋고, 휴대폰으로 인터넷을 하거나 카톡을 해도 좋다. 노는 데는 정석이 없다. 카페인을 충분히 섭취했으니 힘을 얻어 아무 거리나 거닐 시간이다. 느릿느릿 골목마다 사진을 찍고 다니니 벌써 다섯 시다. 호텔로 돌아가 시원하게 땀을 씻어내고 저녁식사를 위해 출동한다. 오늘 저녁은 로컬 음식점. 어제는 호텔에서 멋진 저녁을 보냈으니 오늘은 현지 분위기가 물씬 나는 저녁을 즐긴다. 고기가 맛있기로 유명한 바비큐 맛집이다. 맥주 세 캔과 숯불고기, 닭날개구이를 먹는다. 감칠맛 나는 소스에 버무려진 고기를 뜨거운 숯불에 그대로 구워 달콤한 불냄새가 난다. 오늘 하루의 끝을 장식하기 좋은 음식이다. 박하와 오이를 고기에 싸서 먹으면 그 달콤함이 배가된다. 맥주와 고기로 배를 채우니 콧노래가 나온다. 노래방이 없어서 아쉬울 뿐이다.

노래방은 없는 대신 해변은 가깝다. 알딸딸하게 취한 기분으로 길게 펼쳐진 해변을 따라 걸으며 목청껏 노래를 불러도 파도소리에 묻혀 아무도 듣지 못한다. 해변을 따라서 늘어선 칵테일 바 아무 곳이나 들어가 달달해 보이는 술을 하나 주문한다. 이 술까지 마시면 정말 취해버릴 것 같다.

쓸데없는 말을 하며 취기를 즐기다가 호텔로 돌아간다. 그리고 그대로 침대에 엎어져 잠에 빠진다. 아무것도 하지 않은 하루지만, 아무것도 하지 않았다고 하기엔 많은 일을 했다.

먹고 싶으면 먹고, 마시고 싶으면 마시고, 자고 싶으면 자고, 본능이 원하는 대로 하루를 보내니 머릿속에 걱정이 깃들 공간이 없다. 한 일은 많지만 걱정이 없다. 걱정이 있어도 큰 돈 쓰고 시간 내어 떠난 여행이기에 내심 묻어두고 싶다.

여행이 끝난 지금은 정반대이다. 이제는 걱정은 많은데 한 일은 없다. 무엇을 했는지 곰곰이 생각해봐도 어떤 것도 떠오르지 않는다. 출근길에 복잡한 지하철을 탔던 기억부터 가물가물하고, 무엇을 먹었는지, 책상 앞에서 어떤 생각을 했는지 모르겠다. 휴양지에서의 나와 서울에서의 내가 완전히 분리된 인격체로 느껴진다.

휴양지의 날들은 걱정거리 따위는 잊게 해준다. 걱정거리가 눈앞에서 사라지니 무엇을 해도 즐겁고, 모든 행동이 또렷하게 기억난다. 이와 반대로, 지금은 내 머릿속 다양한 걱정거리들이 하나씩 흘러나오고 있다. 걱정거리들이 끊임없이 눈앞에 보이니 피곤함이 사라지지 않는다.

여행을 떠나는 여러 이유가 있지만, 가장 단순한 이유는 바로 걱정거리들이 눈앞에서 사라지기 때문이다. 걱정 가득한 땅에서 벗어나 멀리서 그것들을 바라보니 대부분 하찮은 문제다. 작고 편협한 생각에서 생겨난 단순한 문제인데 그걸 꼭 붙잡고 있었다. 여행 끝나고 돌아오면 다시금 그것들은 중요해 보일 테고, 나는 또 복잡하게 생각할 것이다. 결국 오늘도 사라지지 않는 걱정거리들을 붙들고 휴양지에서의 하루를 꿈꾸며 잠에 든다.

6. 여행하는 내 모습

한동안 TV예능에서 리얼 버라이어티라는 장르가 인기를 끌었다. 시청자들에게 익숙한 대본 위주 코미디나 세트장에서 이루어지는 예능과 다르게 리얼 버라이어티는 말 그대로 리얼한 상황, 날것의 재미가 핵심이다. (리얼 버라이어티라면서 모든 내용을 대본으로 구성해 비판을 받은 프로그램도 있었다.) 때문에 리얼 버라이어티에서는 기획 의도나 진행 방향과 같은 최소한의 틀만 유지하고 제작진의 개입은 최소화한다. 연출이나 작가들은 연기자들이 처할 상황을 설정해두고, 연기자들은 그 상황 안에서 웃음을 뽑아내 시청자에게 즐거움을 주는 형식이다.

이러한 예능 프로그램에서 가장 중요하게 여겨지는 것이 바로 캐릭터이다. 프로그램 이전부터 연기자가 가졌던 약점이나 웃음 포인트를 바탕으로 캐릭터를 고착화하는 경우도 있고, 프로그램을 진행하면서 자연스럽게 나오는 연기자의 고유한 특성을 가지고 새로운 캐릭터를 만들어내기도 한다. 이렇게 만들어진 캐릭터는 프로그램 안에서 서서히 연기자를 물들이며 그 사람을 대표하는 성격이 되곤 한다.

대표적인 캐릭터로 '돌+I'라는 당시 파격적인 개그를 보였던 <무한도전>의 노홍철이나 <런닝맨>에서 모함이나 배신의 캐릭터가 된 이광수, 앞잡이 캐릭터의 이수근을 들 수 있다. 이렇게 자극적인 캐릭터를 가진 예능인이나 배우들은 실제 성격과 다른 경우가 부지기수다. 인터뷰나 다른 연예인이 방송에서 "○○○님은 실제로는 과묵하셔서 놀랐어요"라고 말하는 것을 들으면 과연 저런 캐릭터를 가진 사람들의 사석은 어떤 느낌일지 궁금해진다.

캐릭터는 사전에 작가나 연출이 설정하는 경우도 있지만 보통 긴 촬영 시간 동안 나오는 그 사람의 작은 특성을 과장해 만들어지기도 한다. 짧게는 몇 시간에서 길게는 며칠에 걸쳐 촬영되는 프로그램이지만, 우리는 그들의 여과된 일부 연기만을 볼 뿐이다. 캐릭터가 만들어지면 방송인들은 그 캐릭터가 자신이 아님에도 자신인 척 연기를 해야 한다. 그러니 피디들이 이들을 '연기자'라고 부르기도 한다.

그런데 캐릭터는 TV 속에만 존재하는 허상이 아니다. 나 역시, 우리 역시 현실세계에서 캐릭터를 연기하곤 한다. 사이코패스나 리플리 증후군 정도의 가면은 아니더라도, 관계의 삶을 살아가는 는 인간이라면 으레 자신이 생각하거나 남들이 생각하는 캐릭터를 연기하게 된다. 그리고 다양한 관계 속에서 내가 아닌 나를 보여주는 경우가 많다. 그게 예의이든 체면이든 혹은 재미이든 스스로 혹은 남이 만든 캐릭터를 연기한다.

특히 이런 개인화된 캐릭터는 자주 보는 사람들 사이에서 더 잘 설정된다. 친구들과 있을 때는 쾌활한 이미지의 캐릭터를 꾸미다 집에 돌아와서는 묵묵한 역할을 하기도 하고, 높은 사람 앞에서는 천사 같은 캐릭터로 있다가 자기보다 낮은 사람 앞에서는 악마 같은 역할을 하기도 한다. 내 앞에서 펼쳐지는 캐릭터 쇼의 한 모습만 바라보다 갑자기 다른 모습을 만나면 이중적이라고 느낄 수밖에 없다. 부하직원 앞에서는 엄격한 상사가 연인이나 가족에게 달콤한 전화를 하는 모습을 상상해보자. 내가 생각하는 캐릭터와 정반대의 인물이 눈앞에 그려지니 낯설기만 하다.

이미 알고 있는 사람들에게는 자신의 새로운 모습을 보이기 힘들다. 때문에 한번 잡힌 캐릭터가 고착되기도 한다. 첫인상이 인간의 전부는 아니지만 보통 첫인상으로 사람을 파악하는 이유도 이와 같다. 그 사람이 다른 캐릭터의 모습을 갑자기 들키지 않는 이상 첫인상은 캐릭터로 유지되기 쉽다. 반대로 남이 생각하는 이미지에 맞춰 캐릭터를 연기해야 하는 자신을 보며 사회생활에 이질감을 느끼는 경우도 많다.

낯을 심하게 가리고 남들에게 어필하기 어려워하는 사람이 영업

직을 맡는다거나, 활동적인 사람이 조용한 사무실에서 하루 종일 아무 말 없이 일을 하는 경우에 '이게 맞는 건가' 싶은 생각이 든다. 나와 너무 다른 캐릭터지만 어쩔 수 없이 몰입해야 하니 혼란이 오는 것이다. 그럼에도 억지로 미소를 보일 때는 메소드 연기자가 따로 없다.

그래서 가끔은 완전히 새로운 얼굴을 하고 싶다는 욕망이 생긴다. 다행히 방법은 쉽다. 내가 속한 사회와 완전히 단절된 또 다른 사회로 떠나는 여행이다. 여행에서 만나는 사람들에게는 완전히 다른 내 모습을 보여주기 쉽다.

여행지에서 나는 사람들을 모르며, 그들 역시 나를 모른다. 내가 어떤 캐릭터로 있어야 한다는 그런 압박이 없다. 물론 때로는 나에게 아시아인의 모습을 원하는 사람들도 있지만, 인종차별 아웃을 외치는 현실에서 그런 사람들을 자주 만나지는 않는다. 여행에서 만나는 사람들은 우리의 삶을 스쳐 지나가는 행인과도 비슷하다. 넓은 지구에서 다시 마주칠 일은 거의 없다. 덕분에 여행지에서 우리는 완전히 새로운 얼굴을 할 수 있다.

여기에 조건이 있다. 아무도 나와 상관없는 사람이라고 생각해야 한다. 이렇게 생각하지 못하면 캐릭터에서 완전히 벗어난 자신을 볼 수 없다. 나 역시 몇 번의 여행에서는 캐릭터를 버리지 못하고 첫 만남에 가면을 쓰고 있었다. 내 앞에 있는 낯선 사람들이 나와 아무런 관계가 없기에 어떤 가면을 쓰더라도 상관없다는 걸 알고 나서야 가면을 벗고 캐릭터가 없는 진정한 나로서 사람들을 대할 수 있었다.

가만 보면 이 얼굴이 사실 내 얼굴이 아닌가 하는 생각도 든다. 어떤 가면도 쓰지 않은 진정한 나 말이다. 백지의 본질이 백지에 있듯이, 나도 아무런 제약 없는 이 상태가 내 성격이 아닐까. 무언가 칠해진 백지는 이미 그림이다. 물감이 칠해지면 백지라는 속성은 없어진다. 칠해진 물감을 하나씩 벗겨내자 내가 나왔다. 궁금해하던 나의 백지는 이렇게 밝혀졌다.

그런 날것의 나로 움직이는 나를 보고 놀랐다. 아무도 다시는 보지 못할 그런 모습이었다. 그런 내 모습이 어땠냐고? 그건 비밀이다. 여행에서 나를 만나면 알 수 있을 것이다.

7. 할아버지와 방랑벽

구리시에는 특별한 포스터가 있다. 노란색 바탕에 가지 하나가 큼지막하게 그려져 있고 그 위로 "사랑해요"라는 문장이 쓰인 포스터다. 아무런 의미도, 홍보 내용도 찾을 수 없어 언뜻 보면 키스해링이나 뱅크시의 작품처럼 현대미술로 보이기도 한다. 특히 후미진 골목에 여러 개씩 붙어있는 모습을 보면 거리예술과 다를 바 없어 보인다.

이 포스터는 불법 홍보물을 가리기 위해 시에서 자체적으로 제작한 포스터다. 허름한 벽에 부착되어 있는 나이트클럽이나 불법 도박 홍보물을 떼어내야 하는데, 그러면 찢어지거나 흔적이 남아 오히려 더 흉물스럽기 때문에 그 위에 가지가 그려진 포스터를 붙인 것이다.

이 포스터는 구리시에서 실행한 실버 재채용 정책의 일환이기도 했다. 우리 할아버지를 포함한 노인분들이 다니시다가 불법 홍보물을 발견하면 그 위에 가지 포스터를 덮어씌웠다. 걷기를 좋아하시던 할아버지에겐 안성맞춤인 일자리였다.

내가 할아버지를 기억하는 순간부터 할아버지는 언제나 걸어 다니셨다. 걷지 않으면 자전거를 타셨다. 할아버지는 나그네였다. 사주에 역마살이 끼었는지 방랑벽을 버리지 못하셨다. 그런 할아버지 덕분인지 때문인지 아버지를 포함한 가족 모두가 평생 이사를 다녔다. 아버지는 훗날 모든 이사가 가난했기 때문이라고 말씀하셨지만, 할아버지의 그런 성격도 큰 영향이 있지 않았을까 싶다.

할아버지는 매일 아침식사를 마치시면 저녁식사 전까지 집밖에 계셨다. 청량리에 가시기도 하고 기운이 좋은 날에는 종묘까지 가셨다. 가끔 한강을 넘어 남쪽으로도 가셨다. 구리시와 붙은 서울 동부권에 할아버지의 발자국이 찍히지 않은 곳이 없었다.

어린 시절부터 할아버지와 함께 살던 나도 그런 할아버지를 종종 따라다녔다. 토요일 아침 일찍 일어나는 날에는 약수터까지 같이 걸어가 무거운 약수를 메고 왔다. 쫄래쫄래 따라가던 나는 페트병 하나에 약수를 담아와 할머니께 자랑했다. 유치원이나 학교를 가지 않던 방학에는 함께 시내에 가거나 청량리에 갔다. 10킬로미터에 달하는 거리를 걸어갔다는 것이 믿기지는 않지만 힘들었다는 기억은 없다. 나야 어린 몸이었으니 언제나 싱싱한 체력이었겠지만 노년의 몸을 가진 할아버지는 어떻게 그 거리를 다니셨는지 모르겠다.

집에서는 무뚝뚝한 경상도 아버지의 모습을 하시며 오로지 "밥 묵자" 한마디밖에 하지 않으시던 할아버지는 밖에 나서면 말이 많았다. 궁금한 게 많던 어린 손주에게 대답하기 위해서 말이 많으셨던 건지는 모르겠지만, 집 안의 할아버지와 밖의 할아버지의 모습은 너무나도 달랐다. 나와 걷던 할아버지는 아는 것도 많고 말도 많은 선생님의 모습이었다. 할아버지가 집밖에 나가시고 나면 엄마와 할머니가 가끔 부엌에서 할아버지를 무뚝뚝한 경상도 노인네라고 말하곤 했지만 어린 나로서는 이해되지 않았다.

쭈글쭈글해진 손을 잡고 걸어 다니면서 "이건 무슨 꽃, 이건 무슨 풀" 하면서 설명해주는 할아버지는 선생님도 되었고, 높은 산을 등산할 때는 앞장서서 가는 모험가도 되었다. 함께 장기를 두거나 그림을 그릴 때는 좋은 친구였다.

매일 함께한 할아버지와의 여행은 내가 학원을 다니면서 끝이 났다. 손주와 함께 돌아다닐 수 없어 조금은 섭섭했을 수도 있을 텐데 다행히 그 이후에도 꾸준히 돌아다니셨다. 이후에 우리집과 할아버지댁은 분가했지만 둘 사이의 거리는 그리 멀지 않았다. 할아버지를 알게 모르게 닮은 아버지 덕분에 이사도 몇 번 했는데 대개 할아버지댁 근처였다. 그래서 할아버지댁에 가지 않아도 자주 마주칠 수 있었다.

예전처럼 함께 돌아다니면서 추억을 쌓을 수는 없었지만, 종종 찾아가는 것 이외에도 길에서 할아버지를 만날 수 있었다. 길에서 마주치면 언제나 반가웠다. 빠르게 자라는 나와는 다르게 천천히 세월을 타는 할아버지의 모습은 언제나 그대로였다. 노인정 앞마당에서 장기를 두실 때나, 홀로 걸어서 어딘가로 가시는 모습을 볼 때나 그대로였다.

할아버지께서 불법 포스터를 지우는 일을 하시면서 나는 더 자주 만날 수 있어 좋았다. 서울로 나가시던 할아버지는 이 일을 하신 이후부터는 동네에 주로 계셨다. 지나가다 가끔 마주치면 할아버지는 항상 포스터 뭉치를 들고 동년배 친구분들과 어딘가로 걸어가고 계셨다. 걷기 좋아하는 할아버지가 말년에 찾은 천직이었다. 나는 할아버지를 보고 소리치면서 달려가 안기며 할아버지에게 기운을 얻곤 했다.

할아버지와의 추억 덕분인지 아니면 할아버지를 닮은 역마살 때문인지 나 역시 가만히 있는 생활을 하지 못한다. 피치 못할 사정이 없는 한 집밖으로 돌아다니는 건 당연하고, 국내로 해외로 여행을 멈추지 못한다. 특히 언제나 걷기를 멈추지 못하는 내 모습은 할아버지의 판박이다. 걸어 다니며 변하는 풍경, 나를 제외하곤 분주한 거리의 사람들, 우연히 만났지만 색다른 식당을 발견하는 재미, 여행이 주는 이런 총천연색의 세상을 깨달은 건 역시 할아버지 덕분이다.

혼자 여행을 온 오늘도 하루 종일 걸었다. 여행 중에도 나는 늘 걷는다. 몇 시간이 지나도록 혼자 걷기만 한다. 숙소 골목부터 시작해 걷다가 왔던 길을 되돌아가고 다시 걷고, 새로운 길이 나오면 또 다시 걷는다. 자박거리는 발자국 소리에 즐거움을 느끼고, 새로운 풍경을 찾아 다니고, 색다른 시선으로 세상을 바라본다. 이 모든 건 할아버지로부터 나에게 이어져온 유지였다. 그러니 집에서는 말 한마디 없는 '경상도 노인네'였을지라도 나에게만큼은 거대한 할아버지였다. 할아버지와의 추억은 서서히 사라졌지만 그 추억으로부터 뿌리내린 기쁨이 나를 만들었다.

안타깝게도 할아버지는 가지 포스터를 붙이는 일을 하던 도중 폐암 선고를 받으셨다. 겉으로는 담담하게 남은 삶을 정리한다고 말씀하셨지만, 하루가 다르게 할아버지의 몸은 말라갔다. 걷기도 힘든 몸 상태가 되니 포스터를 붙이기는커녕 집에서 나가지도 못하셨다. 평생을 매일같이 밖으로 걸어 다니다 집 안에만 머무르게 되니 오히려 병세가 악화된 듯했다. 결국 할아버지는 우리 가족 모두가 함께한 자리에서 돌아가셨다.

몇 년이 지난 후 나는 동네에서 오래된 골목을 지나가다 반듯하게 붙여진 가지 포스터를 다시 만났다. 할아버지가 붙인 포스터라기엔 너무 새것이었다. 당연히 그런 동화 같은 일은 없었다. 그래도 아련한 미소가 지어졌다. 어디선가 포스터를 붙이며 뒷짐 지고 걸어가는 할아버지의 모습이 보일 것 같은 기분이었다. 뒷모습을 상상하니 할아버지의 얼굴, 눈동자, 목소리 모두 기억났다. 특히 그 뜨겁고 주름 잡힌 손으로 내 손을 잡아줄 때 느껴지던 온기가 떠올라 나는 주먹을 꼭 쥐고 말았다.

8. 커피와 여행

　커피 없이 살 수 없는 많은 한국인들처럼 나 또한 커피에 중독되어 있다. 요즘은 그래도 많이 줄여서 하루 두 잔에서 석 잔 정도만 마시지만, 대학교를 다닐 때는 하루에 다섯 잔 이상도 마시곤 했다. 커피 사랑이 큰 만큼 위는 많이 망가졌다. 물 대신 커피를 마시고, 자기 전에도 커피를 마시고, 숨쉬듯 커피를 마셨으니 당연한 결과다. 건강에 나쁘다는 걸 알고는 있었지만 끊을 수 없었다.

　지금 내 옆에도 차가운 커피가 있다. 향도 좋고 맛도 있다. 피곤한 이 몸뚱이는 카페인이 없으면 굴러가지 않기에 잠에서 깨기 위해 마시는 이유도 있다. 더 큰 이유는 커피를 마시면 쉰다는 기분이 확실히 들기 때문이 아닐까 싶다. 쉬는 시간에는 항상 커피를 마시니, 쉬는 시간이 커피 마시는 시간으로 바뀌었고, 이젠 거꾸로 커피를 마셔야 쉬는 기분이 든다.

　덕분에 커피에 대해서 관심을 조금 갖게 되었다. 카페에서 일하기도 했고(맛을 조절하기 위해 뽑은 커피를 무제한으로 마실 수 있었다), 집에서도 각종 원두를 사서 직접 커피를 내려 마시기도 했다. 물론 여행을 가서도 커피는 빠질 수 없다. 어느 나라를 가든 카페는 반드시 가야 하는 장소가 되었고, 여행 예산에 아예 커피 항목이 따로 있을 정도로 커피 사랑은 식지 않았다.

많은 커피를 마셨지만 대부분 한국에서 만나는 커피와 다르지 않았다. 심지어 내가 일하던 카페에서 쓰는 것과 같은 원두를 사용하는 카페도 많았다. 아이스커피를 파는 곳은 많지 않고, 대개가 에스프레소나 드립커피, 아메리카노인 덕분에 커피를 고르는 것에 언어가 장벽이 되지 않았다.

그리스 자킨토스 섬에 있을 때를 제외하곤 말이다. 수많은 커피를 만나봤지만 이곳에서 가장 이색적인 커피 그리스식 커피를 만났다. 해가 중천에 뜰 즈음 들어간 휴양지의 한 작은 카페에서 나는 해안이 보이는 창가에 앉아 커피를 주문했다. 메뉴판에 "Greek coffee(그리스식 커피)"라고 쓰인 커피였다. 이 섬에서 만난 피자나 샐러드 등 많은 음식들에 "Greek"이라는 단어가 붙어 있었기에 아무런 의심 없이 주문했다.

잠시 후 내 앞에 온 커피는 무언가 달랐다. 금빛에 가까운 노란 크레마가 올라온 에스프레소도 아니고, 김이 모락모락 올라오며 치명적인 검은 빛을 띠는 커피도 아니었다. 커피잔 속에는 갈색 거품이 올라가 있다. 그리스식 커피의 정체였다.

터키 커피에서 파생된 그리스식 커피는 진한 에스프레소만 추출하는 이탈리아식 커피와 또 다른 맛이다. 에스프레소를 내릴 때보다 더 곱게 간 커피 원두를 설탕과 함께 찬물에 넣고 끓이는 방식이다. 물과 원두를 함께 끓이기 때문에 마시고 나면 커피에 원두가루가 남는, 처음 보는 제조 방식의 커피였다. 때로는 이 커피 가루로 점을 보기도 한다고 할 정도로 원두 가루가 잔 속에 가득했다. 오히려 좋았다. 지중해의 햇살 아래에서 만나는 색다르고 달콤한 커피가 휴양지의 기분을 더욱 고조시켜주었다.

한국에서 만나는 아메리카노와는 전혀 다른 맛이라 오히려 여행 기분을 더욱 살아나게 했다. 한국에서 아메리카노만 마셨던 이유는 단순히 맛있거나 익숙하기 때문만은 아닐 것이다. 피로와 졸음을 쫓아내기 위해 빠르게 마실 수 있는 커피를 고르다 보니 주로 아메리카노를 마시게 된 것이 아닌가 싶다. 그러다 보니 여유롭게 커피만 한 잔 뽑아서 마시는 생활과는 거리가 멀어졌다. 이동할 때, 일을 할 때, 공부를 할 때 으레 마시는 약물 같은 존재가 되어버렸다. 좋아서 마시던 커피가 살기 위해 먹는 약이 되어버린 이후부터 물처럼 커피를 마셨으니 말이다.

그러니 가끔 그리스식 커피가 떠오른다. 맛있기도 하지만 그보다는 여행의 향기가 짙게 남은 까닭이다. 한국에서도 색다르고 맛있는 커피를 찾으려면 찾을 수 있다. 하지만 여행이라는 첨가제가 들어간 커피의 맛은 뇌리에 꽂혀 잊히지 않는다.

이미 지나버린 추억으로만 남은 것이 아니라 이렇게 이따금씩 다시 되살아나고, 머릿속에서 떠오른 기억 덕분에 코와 입에서 그때 그 커피향이 다시 돌아온다. 여행은 이런 것이다. 잊히고 추억에만 남는 그런 일회성 소비가 아니다. 떠나서 경험한 즐거움은 순간이지만, 커피를 그리워하듯 기억 속에는 남아 있다.

커피뿐만이 아니다. 여행에서 만난 다양하고 소소한 새로운 자극들이 가끔 이렇게 떠오른다. 책방을 지나가다 내가 갔던 여행지의 책을 만날 때, 무심코 휴대폰에서 여행 사진첩을 열어 볼 때, TV나 인터넷에 올라온 지난 여행지를 볼 때면 여행의 향기가 다시 코를 스친다.

삶에 고통이 없을 수는 없다. 하지만 이렇듯 여행의 즐거운 순간들이 머릿속에 남으면 과거의 기억이 현재의 힘든 삶을 잠시 잊게 해주고, 동시에 미래에 다시 만날 즐거운 날들을 상상하게 해준다. 여행지에 대한 기대, 그곳에서 즐기는 내 모습에 대한 기대가 힘든 이 순간을 잊게 해주고 현재에 집중할 수 있는 힘을 준다. 피곤한 일상을 버티기 위해 마시는, 동시에 내가 가장 사랑하는 음료가 된 커피처럼 말이다. 커피처럼 향기가 남은 여행은 지루한 삶을 견디게 해주는 각성제가 되어준다.

9. 여행지에서 미술관을 가는 이유

　벨베데레 궁전은 1700년대에 지어진 건물로 오스트리아 최고의 궁전이자 미술관이다. 유럽 전역에서 각광받던 프랑스 베르사유 궁전을 본떠 만든 벨베데레 궁전은 황실 회화 전시장으로도 사용되다가 지금은 미술관으로 이용되고 있다. 덕분에 클림트나 에곤 실레와 같은 오스트리아 화가들의 작품을 포함해 모네 등의 인상파 작품들도 다수 보유하고 있는 보물창고와도 같은 미술관이 되었다.

　햇볕이 쨍쨍한 여름날 도착한 벨베데레 궁전은 이미 외벽부터 여행자의 첫 눈길을 사로잡았다. 궁전 주변으로는 네모반듯하고 드넓은 정원이 초록빛을 뿜어내고 있고, 푸른 잔디밭엔 많은 사람들이 그늘에 누워 귀족이라도 된 듯이 이 공간의 푸른 기운을 온몸으로 즐기고 있었다. 궁전을 바라보는 것만으로도 인상파 화가의 유화를 보듯 강렬한 천연 색채가 눈을 쉴 새 없이 자극했다. 그리고 궁전만큼이나 화려하고 아름다운 그림들이 바로 이 미술관

안에 전시되고 있었다.

미술관의 다양한 작품들이 쉴 새 없이 사람들을 불러모았다. 핀란드의 사실주의 화가 악셀리 갈렌 칼레라의 작품 앞에서는 손을 맞잡은 백발의 노부부가 그림을 감상하며 이야기를 나누고 있었고, 시대 구분조차 차마 할 수 없는 기이한 가면 조각상 앞에서는 초등학생들이 뛰어다니며 작품을 생동감 넘치게 즐기고 있었다. 유럽 예술 사조를 넘어 세계의 보물이라고 할 수 있는 고흐의 작품은 유럽 어디를 가도 만날 수 있다. 역시나 이 미술관에서도 고흐의 작품은 인기가 넘쳤다. 다른 작품은 흘끗 보고 지나가는 사람들조차 고흐의 작품이라고 하면 꼭 앞에 서서 차분히 그림을 이해하기 위해 바라보곤 했다. 그래도 이 미술관 최고의 스타는 단언컨대 클림트라고 할 수 있다. 나도 이곳에서 드디어 클림트를 만났다.

황금빛이 도는 노란색의 강렬한 색채와 고흑적인 눈매로 보는 사람들에게 무언가 안쓰러움을 자아내는 <유디트>와 금빛 은하수 안에서 사랑을 나누는 듯한 몽환적인 기분을 주는 <키스>(혹은 <연인>. 공개 당시에는 <연인>이라는 이름으로 전시되었다고 한다). 이처럼 멋진 작품을 두 눈으로 보니 숨이 멎는 듯했다. 지구 반대편에 있는 가수를 수년을 기다리다 마침내 만나게 됐을 때의 기분이 이런 것일까 싶다. 그동안 어느 미술관을 가도 그림을 보고 이렇게 심장이 멎는 듯한 먹먹함을 느껴본 적이 없었는데, 이 그림은 손을 뻗어 내 가슴을 직접 다독여주는 기분이 들었다. 어린 시절의 추억과 다시 만났기 때문일까.

어린 시절 우리 집 한쪽 벽엔 언제나 클림트의 <키스>가 밝은 빛을 내고 있었다. 초등학생인 내 몸집처럼 작았던 우리 집은 붉은 벽돌로 지어진 오래된 작은 빌라였는데, 다닥다닥 붙은 주변 건물들로 인해 집 안은 볕들 날이 거의 없었다. 어느 날 아버지는 <키스>의 모작을 거래처에서 선물로 받아 오셨다. 모작이라고 하기에도 부끄러운, 프린트한 그림을 액자에 넣은 것과 비슷한 수준의 그림이었지만 이 그림은 미술에 대해 아무것도 모르는 어린 나에게 흥미로운 장난감이자 형광등이었다. 황금색 배경의 아름다운 별빛과 키스하는 두 연인의 화려한 색상, 네모난 모자이크의 강렬함과 둥글고 알록달록한 색상의 몰입감, 그리고 총천연색의 발밑 들꽃들까지. 작품의 제목이 <키스>라는 것도 모르고 클림트라는 작가의 이름도 몰랐지만, 칙칙한 벽지 사이에 들어온 화려한 색감은 밥 먹을 때나 책을 볼 때나 언제나 눈에서 사라지지 않았다. 그림을 외운다는 말이 어색하지 않을 정도로 바라봤다.

그림자만 가득했던 집 안은 그림이 들어오고 나서야 드디어 사람 사는 집 같은 분위기를 자아냈다. 나보다 더 그림으로 위안을 받은 것은 어머니였다. 비교적 어린 나이부터 일만 하시던 어머니는 할머니, 할아버지와 함께 살며 모시고 아버지의 일도 돕는 초인적인 생활을 하셨다. 처음으로 할아버지의 집을 떠나 우리끼리 독립한 집은 열 평이 채 되지 않는 작고 초라하고 낡은 집이었지만, 어머니는 내색하지 않고 집안일부터 아버지 사업 뒷바라지에 내 학교생활까지 모두 책임지셨다. 그런 어머니가 유일하게 숨을 돌리는 휴식시간은 그림을 걸어둔 벽을 보며 따듯한 차를 한잔하실 때였다. 소소한 힐링이라고 할 수 있다. 클림트의 그림이 프린트되어 있던 그 액자는 우리 가족에겐 단순한 장식 이상이었다.

<모나리자>를 보기 위해 한 시간 동안 뙤약볕에서 줄을 서서 기다리고, 고흐의 <별이 빛나는 밤>을 보기 위해 뉴욕 현대미술관으로 직접 가는 일이 어찌 보면 비효율적이다. VR부터 5G까지 발달한 시대인데 굳이 비행기를 타고 돈 쓰고 시간 쓰며 여행을 떠나 그림 몇 점을 봐야 하겠는가라는 의문을 가지는 사람이 있을 수도 있다. 그 시간에 더 많이 걷고, 다른 문화를 보고, 먹고 놀아야 하기 때문이다. 심지어 미술관에 간다고 하더라도 실제 진품은 금고에 보관해두고 가품을 박물관에 전시해두는 경우도 있다.

그럼에도 여행을 하면서 미술작품을 보러 가는 사람들은 끊이지 않는다. 머나먼 곳까지 비행기를 타고 와 줄서서 입장하고, 시간과 돈을 쏟아부어 그림 몇 점을 감상한다. 그렇게 기다리고 기대하며 작품을 보는 이유가 '여기까지 왔는데 이건 보고 가야지' 하는 마

음일 수도 있고, 단순히 미적 쾌감을 얻기 위함일 수도 있다.

　나에게는 그것이 작가나 작품에 대한 사랑을 표현하는 방법이다. 이미 세상에 존재하지 않는 작가에게 사랑을 고하는 일방적인 사랑 고백과도 같다. 사랑하는 사람에게 온몸을 바쳐 사랑을 표현하듯이, 이 작품에 대한 나의 사랑을 표현하기 위해 미술관을 찾는 것이다. 사랑하는 사람의 웃음을 만나면 그간의 고통이나 노력이 모두 행복한 기억이 되는 것처럼, 보고 싶었던 작품을 만나기 위해 지나왔던 모든 순간들이 행복한 기억이 된다. 조용히 작품을 감상하다 보니 사랑하는 사람과 함께 있는 기분이 든다. 이제는 이 그림을 다른 어디서 만나더라도 어린 시절의 행복과 더불어 이 여행에서 만난 또 다른 행복이 다시 떠오를 것이고, 그것만으로도 미술관에 온 가치가 있다.

10. 순간을 기억하기 위해

크로아티아는 다른 도시들이 너무 빼어나서 수도인 자그레브가 상대적으로 덜 부각되는 면이 있다. 요정의 숲이라고 불리는 플리트비체 국립공원과 라스토케는 우리가 살면서 볼 수 있는 그 어떤 천연색보다 더 짙푸른 숲과 호수가 만나서 판타지 영화 같은 풍경을 만들어낸다. 영화계의 거장 히치콕이 "세상에서 가장 아름다운 노을"이라고 말한 자다르는 많은 연인들이 황홀한 석양을 배경으로 사랑을 나누는 곳으로 유명하다. 스플리트라는 도시는 어떤가. 로마의 황제가 은퇴 후 말년을 즐기기 위해 빛나는 아드리아 해가 보이는 해변에 지은 궁전으로 사람들을 불러 모은다. 두브로브니크는 <꽃보다 누나>라는 말 하나로 요약된다. 이런 도시들에 비해 자그레브는 움츠러든 모양새를 하고 있다.

이런 자그레브가 가지고 있는 매력 중 하나는 광장 옆 카페이다. 자그레브의 중심지인 반 옐라치치 광장은 피렌체나 파리, 베를린의 광장처럼 크지는 않지만 작은 만큼 모든 찰나의 순간이 한눈에 들어온다. 따뜻한 햇살이 들어오는 광장에서 가족들이 뛰어놀고 연인들이 손잡고 걷는 모든 순간들이 한 폭의 유화 같다. 넓지 않은 탓에 이런 풍경들을 한순간에 낚아챌 수 있다. 다른 도시의 광장들이 거대한 캔버스에 그리는 우아하고 사치스러운 로코코 미술 같다면 자그레브의 광장은 낭만주의 미술처럼 이 광장을 사랑하고 즐기는 사람들에게 아름다워진다. 그리고 광장 옆의 노천카페에 앉아 이 모습을 바라보는 것만으로도 이 도시를 방문할 이유가 충분하다.

카페에 앉아 잠시 풍경을 감상하고 있으니 작고 하얀 에스프레소잔에 커피가 나온다. 커피를 한잔 마시고 펜을 들어 지금의 모든 감정을 적어 내려간다. 여행을 할 때면 항상 광장이 보이는 카페에 앉아 일기를 쓴다. 한국에서는 전혀 쓰지 않던 일기를 여행만 오면 마치 손이 뇌가 된 듯이 저절로 써진다. 지금 마시는 커피의 쌉쌀하고 고소한 맛, 옆 테이블의 케이크에서 풍겨오는 달콤한 설탕 향기, 그리고 맑은 하늘의 빛과 에너지, 재잘거리는 새의 지저귐과 종이의 감촉까지 모두 잉크가 되어 두꺼운 종이에 새겨진다.

한국에서는 수년 동안 일기 한 줄을 쓰지 못했다. 새해가 될 때마다 일기를 쓰겠다며 노트까지 새로 장만했지만, 언제나 2주도 채되지 않아 포기하고 말았다. 그런데 여행을 오면 하루하루 달라지는 새로운 오감 때문에 펜을 들게 된다. 쳇바퀴처럼 매일 똑같이 돌아가는 작은 세상에 갇혀 있다가 수천 킬로미터에 달하는 여행을 하면 이 모든 경험과 신선한 자극을 놓치는 게 너무나 안타까워진다. 때문에 강박적으로 모든 순간을 기록한다. 여행을 하지 않아도 하루하루 다른 태양이 뜨고 진다. 서울에서의 하루도 자세히 곱씹어보면 그 하루의 새로움이 있다. 하지만 여행을 하면 서울에서 집중해야 간신히 볼 수 있는 하루의 새로움보다 더욱 강렬한 감각이 살아난다.

일상에서는 하루의 소중함이나 새로움을 경험하기에 부족한 시간과 행동반경을 살기 때문이 아닐까 생각한다. 아침 일찍 집에서 나서면 매일 같은 카페를 들러 같은 커피를 주문한다. 그리고 같은 지하철, 같은 버스를 타고 직장이나 학교로 간다. 그렇게 지루하고 타의적인 아침이 지나면 점심을 먹는다. 그리고 식곤증을 버티며 오후 일과를 마친 뒤 저녁이 되어 집으로 지친 몸을 이끈다. 집으로 돌아온 몸은 내일도 오늘과 똑같은 하루를 버티기 위해 잠에 들어야 한다. 이렇게 반복되는 일상에서 새로움을 느끼려면 내가 가지고 있는 안정된 무엇인가를 포기해야 한다. 예를 들어 매일 가는 카페 대신 다른 카페에서 새로움을 느끼려면 출근 방향을 수정해야 한다. 혹은 잠을 줄여야 할 수도 있다. 일상에서의 권태를 없애고 싶어 점심시간을 쪼개 맛집을 찾지만 한정된 시간에 비해 너무 멀리 있다. 여행은 이런 일상들이 가지는 시간과 공간의 제약들을 모조리 없애준다. 이렇게 여행으로 넘치는 시간과 공간을 갖게 될 때 우리는 일상에서 느끼지 못하는 다양한 감각을 비로소 느끼게 된다.

카페에서 일기를 쓰다 보니 어느새 저녁식사 시간을 알리는 위장의 꿈틀거림이 느껴진다. 카페에서 나와 마음에 드는 레스토랑으로 들어갔다. 이 레스토랑이 마음에 드는 이유는 단 하나다. 알아들을 수 없는 크로아티아어로 된 간판이 마음에 들었기 때문이다. 타이거새우가 들어간 올리브 파스타와 콜라를 한 잔 주문하고 가만히 앉아 도시의 소음을 들어본다. 북적이는 듯하지만 바쁘지 않고, 5분마다 들리는 트램 소리가 잔잔하게 다가오는 이 도시가 움직이는 소리를 또다시 기록한다. 이어서 먹기 아까울 정도로 멋진 파스타가 한 상 차려졌다. 큼지막한 타이거새우를 머리부터 꼬리까지 꼭꼭 씹어 먹는다. 오일 파스타 특유의 올리브 향과 새우 기름의 바다 내음이 콧속을 헤집고 다닌다.

식사를 마치고 다시 새로운 자극을 받기 위해 여기저기 걸어본다. 그전에 아직 햇볕이 너무 뜨거우니 새콤한 사과 스무디 하나를 길거리에서 샀다. 얼음과 함께 사과가 갈리는 소리가 신나게 울려 퍼진다. 스무디를 쪽쪽 빨아마시면서 골목을 거닐고 다니니 처음 걸었을 때와 다른 정취가 느껴진다. 사과향이 코앞에서 사라지지 않아 이 골목들은 사과향과 함께 기억된다.

스무디와 함께 시내가 잘 보이는 작은 벤치에 앉아 일기를 또다시 펼쳤다. 이렇게 아름다운 하루를 기억하는 여러 가지 방법이 있다. 그림에 소질이 있는 사람이라면 멋진 그림으로 자신이 느낀 모든 감정과 감각을 기록할 것이고, 음악에 소질이 있는 사람이라면 지금의 느낌을 아름다운 선율로 기록할 것이다. 어떤 재능도 가지지 못한 나에게 이 아름다움을 간직할 수 있는 방법은 오로지 사진과 일기뿐이다. 오늘은 무엇을 먹었는지, 어떤 감정이었는지, 어떤 생각을 했는지…… 강박적으로 이 모든 순간을 놓치기 싫어 펜을 손에서 놓지 않는다. 일상으로 돌아가 하루하루를 힘겹게 버티고 있을 때 이 페이지를 펼쳐보면 다시 흘러나올 이곳에서의 모든 감정을 하나라도 놓치기 싫기 때문이다. 서투른 솜씨의 글이라도 나름 노력하여 이 추억이 증발하지 못하도록 붙잡아둔다.

2장
가깝지도 멀지도 않게

11. 디지털 디톡스 여행

　나는 중독에 약하다. 초등학생 때는 게임에 빠져 살았다. 모니터 빛이 새어 나갈까봐 시끄러운 소리에 더운 열을 뿜어내는 컴퓨터를 이불로 덮어 소음을 없애고 게임을 했다. 방에서 주무시는 부모님이 혹시나 깰까봐 노심초사하며 새벽 내내 잠을 못 이루었다. 중학생 때는 걸그룹에 빠졌다. 이름부터 아름다운 소녀시대에 빠져 모아둔 용돈을 모조리 앨범이나 콘서트 티켓을 사는 데 써버렸다. 때로는 책에 빠져서 공부도 내팽개치고 책만 죽어라 본 적도 있다. 다른 중독에 관해 말하자면 끝도 없다.

　한번 중독되면 다른 것이 손에 잡히지 않는다. 공부를 하거나 일을 할 때도 중독된 것만 미친 듯이 생각나는 중증이다. 이렇게 중독에 약한 나는 스무 살부터 스마트폰에 빠져 살았다. 나뿐만 아니라 많은 사람들이 스마트폰에 중독되어 있지만, 돌이켜보면 나는 정도가 지나칠 정도로 스마트폰을 손에서 놓지 않는다. 스티브 잡스가 처음 스마트폰을 만들었을 때 많은 사람들이 자신의 발명품을 좋아하게 될 거라는 예상은 했을 테지만, 이렇게까지 치료가 시급한 환자들이 많이 생길 것이라고는 생각하지 못했을 것이다. 아침에 눈을 떠서 등교나 출근을 하면서도 스마트폰을 보고, 학교나 직장에 도착해서도 5분에 한 번 스마트폰을 확인한다. 메신저나 SNS의 알림이 없어도 스마트폰을 켰다 끄고 다시 확인하는 이런 아무 의미 없는 행동을 반복하다가 집으로 돌아간다. 집에서도 거대한 TV를 앞에 두고 손바닥만 한 스마트폰을 만지작거리고, 자기 전에도 스마트폰에 이어폰을 꽂고 듣다가 잠에 든다. 게임이나 알코올 중독보다 강력한 것이 스마트폰 중독인 것 같다.

여행에서도 스마트폰은 나의 생명줄이며 마약이었다. 모르핀에 중독된 환자처럼 스마트폰은 있으면 남용하고 없으면 불안했다. 스마트폰이 세상에 나오기 전 선배 여행자들은 지도와 가이드북을 가지고 세상을 누볐다. 숙소나 교통수단도 역에 마중 나온 호객꾼들을 따라가거나 추천을 받아 이용하고, 그러면서 더 많은 사람들을 만나는 여행을 했다. 혼자 있을 때는 사색을 하거나 잠시 뇌를 쉬게 했다. 하지만 스마트폰이 발명된 이후 여행은 더욱 편리해졌을지 몰라도 깊은 생각에 잠기거나 멍 때리는 여유로움은 사라졌다.

인도 여행을 떠났을 때 역시 스마트폰은 동반자였다. 인도에서는 기차를 타고 이동하는 시간이 길다. 그래서 스마트폰 없는 인도 여행은 상상조차 하지 않았다. 미세먼지가 가득한 델리공항에 도착하니 벌써 저녁 여덟 시다. 유심을 사기 위해 공항에 있는 통신사를 찾아갔더니 인도에서는 유심을 꽂으면 바로 개통되는 것이 아니라 다음 날 열두 시가 되어야 사용이 가능하다고 한다. 공항에서 유심을 사면 가격도 비싸고 사기 당할 가능성이 있다는 이야기를 얼핏 본 기억이 떠올랐다. 함께 간 친구는 로밍이 되기 때문에 하루 정도 스마트폰을 못 쓴다고 큰일이 날까 싶었다.

다음 날 아침 일찍 다시 인도 국내선을 타고 그 유명한 바라나시로 떠났다. 갠지스 강으로 유명한 바라나시는 다른 도시들보다 최소 수백 년은 더 오래된 탓에 도로, 건물 모두가 추상화처럼 어지럽게 늘어서 있었다. 공항에서 도심으로 이동하는 데 택시로 한 시간이 걸렸다. 평소라면 신기해서 밖을 한 번 내다봤다가 다시 스마트폰으로 눈을 돌렸을 테지만, 유심을 사기 전까지 스마트폰은 사진기에 불과했다. 사진은 나중에도 많이 찍겠지 생각하며 창문 밖만 바라봤다.

알 수 없는 힌디어로 가득한 간판들 아래에는 수많은 사람들이 지나가고 있었다. 그리고 사람보다 많은 소와 개, 그 동물들보다 많은 오토바이와 자동차들로 거리는 가득 차 있다. 사람과 릭샤, 차량으로 정체된 도로 사이에 테트리스처럼 껴 있는 다양한 동물들까지 합세하니 생전 처음 보는 신기한 광경이었다. 작고 네모난 유리에서 넓은 세상으로 눈을 돌리니 더욱 선명한 세상이 펼쳐져 있었다. 현대식으로 지어진 건물이 있는가 하면, 다 허물어져가는 판자집 앞에서 놀고 있는 아이들도 있었다. 무심코 지나칠 뻔한 작은 것들도 세심하게 바라보니 더욱 화려한 색상으로 다가왔다.

숙소에 짐을 풀고 밖으로 나오니 유심을 사야겠다는 생각이 사라졌다. 스마트폰 없이 만난 이 도시의 다채로움에 빠져 유심을 사야 한다는 조바심이 사라졌다. 유심 판매점을 찾으러 다니기보다 눈에 들어오는 각양각색의 건물들과 발밑의 동물들에 더욱 관심을 기울였다. 매번 내일 사면 되겠지 생각하고는 결국 바라나시에서 유심 판매점을 찾지 않고 기차를 탔다. 기차를 타고 이동한 도시에서도 같은 일들이 반복되어 결국 유심은 여행이 끝날 때까지 사지 않았다.

그동안 여행을 많이 다녔지만, 되돌아보니 여행을 하면서도 스마트폰의 사용은 멈추지 않았던 것 같다. 인터넷에 나온 장소나 맛집만을 찾을 뿐 그 도시가 가진 매력을 찾지 않았다. 말 그대로 수박 겉핥기 여행이었다. 스마트폰으로 사진을 찍고, SNS에 올려 자랑하고, 또 이 동네에서 놓친 것이 있는지 인터넷으로 찾아보기 일쑤였다. 가장 좋아한다고 생각하는 여행을 하면서도 스마트폰 중독에서 벗어나지 못했다.

스마트폰 사용의 증가가 함께 "디지털 디톡스"라는 신조어가 등

장했다. 독을 해소한다는 뜻의 '디톡스'처럼 디지털 사용을 줄이고 몸과 마음을 회복하는 일을 말한다. 사실 일상에서 한 뼘 거리에 있는 사람끼리도 스마트폰으로 의사소통을 하는 등 스마트폰이 없으면 살 수 없는 시대다. 하지만 하루 종일 스마트폰을 보고 있으니 생각이 줄어들었다. 청각과 시각에 의존하는 강한 자극에 익숙해져서 뇌로 아무것도 생각하지 않는다. 디지털 디톡스는 이런 현대인들이 자발적으로 스마트폰을 포함한 디지털 기기에서 멀어지면서 자극의 시간이 아닌 생각, 사유의 시간을 가지는 것을 목표로 한다.

인도를 여행하는 동안 어쩌다 보니 디지털 디톡스를 하게 되었다. 7인치의 작은 창을 벗어나니 진짜 세상의 다양한 색채가 눈에 들어왔다. 바라나시에서 평소면 그냥 지나쳤을 사원의 작은 조각들도 세심하게 관찰하게 되었다. 연못 사이로 지는 석양이 유명한 도시 푸쉬카르에서는 3일 연속으로 떨어지는 석양을 바라봤다. 서울에서 퇴근길에 해가 지는 모습을 보았을 땐 매일 같은 태양이구나 생각하며 다시 스마트폰 화면으로 눈을 돌렸을 것이다. 하지만 호수와 하늘 사이로 사라지는 석양을 가만히 앉아 한 시간 가량 바라보니 어제와 오늘의 태양이 다르게 다가왔다.

12. 한 달 살기를 선택한 가족

"아, 저희는 두브로브니크 한 달 살기 하고 있어요."

크로아티아의 두브로브니크에서 우연히 한국인 엄마와 꼬마를
만났다. 이 가족은 푸른 아드리아 해가 눈부시게 펼쳐지는 아름다
운 동유럽의 도시에서 한 달 동안 집을 빌려 사는 "한 달 살기"를
하고 있는 중이었다. 한 달 살기라는 여행이 일종의 여행 방식으로
자리 잡은 지 꽤 되었지만 직접 하는 사람을 만난 건 처음이었다.

여행이라 하면 보통 휴가철에 맞춰 다녀오는 휴가나 2~3주의 기
간을 잡고 떠나는 배낭여행을 생각하지만, 여행 트렌드도 세월에
따라 바뀌는 듯하다. 여행은 마치 살아있는 유기체처럼 끊임없이
진화하며 우리 사회의 한 단면을 거울처럼 반영하여 발전한다.

자유여행이라는 단어조차 생소하던 90년대에는 유럽이나 동남
아시아 패키지여행이 유행이었다. 해외라는 미지의 공간을 가기
위해 처음으로 여권을 발급 받고 단체로 가이드를 따라 다니는 여
행이다. 한두 푼도 아닌 큰돈을 지불하고 나간 해외여행은 절약이

몸에 밴 사람들에겐 일종의 타임 어택이었다. 제한된 시간 내에 이 여행에 들어간 돈만큼 말 그대로 뽕을 뽑아야 하니 가이드가 하는 모든 말에 귀를 기울이고, 모든 거점에서 사진을 찍으며, 맛없는 음식을 주문하더라도 배가 터지도록 욱여넣어야 했다. 난생처음 한반도를 떠나 낯선 문화 속으로 들어가는 경험 그 자체만으로도 행복하던 시절이다.

해외여행이 대중화되면서 남들과 다르기를 바랐던 사람들은 배낭여행을 선택했다. 대부분 서유럽을 선택했지만 개중에는 동유럽이나 남미로 떠나는 불타는 청춘들도 있었다. 학교나 TV, 책에서 보고 배웠던 지식과 문화를 직접 경험하는 이런 여행 방식은 젊은 층뿐만 아니라 30대에서 40대, 50대로 점차 퍼져나갔고, 세계 어디에도 한국인의 발길이 닿지 않는 곳이 없었다. 특히 인터넷이 상용화됨으로 여러 제약들이 사라지면서 전 연령에 걸쳐 그야말로 세계를 탐험하게 되었다.

이 두 여행 방식을 굳이 구분하자면 90년대 여행은 "관광"에 가깝고, 이후의 여행은 "여행"에 가깝다. 관광은 한자로 '觀光'이다. 볼 '관'에 빛 '광', 즉 '보기 위해서 떠난다.' 목적을 가진 발걸음이다. 그러나 여행은 '旅行'이다. 목적이 불분명하다. 어떤 목적을 위해 떠나는 것이 아니라 그냥 떠나는 것이다. 때문에 관광에서 여행으로 여행 방식이 바뀌면서 사람들은 특별한 목적 없이 자유롭게 여행 자체를 즐기게 되었다. 일정의 큰 흐름은 유지하되 오늘 하루 내가 무엇을 할 것인가를 스스로 결정하고 하고 싶은 것을 하는 여행이 되었다. 이제 우리는 어떤 목적을 위해서가 아니라 선택의 즐거움 때문에 여행을 한다.

살아가면서 우리가 선택할 수 있는 것은 생각보다 드물다. 자유 사회에 살고 있기에 우리에게 모든 모든 선택권이 있는 듯 보이지만 가만히 생각해보면 우리가 선택할 수 있는 것은 손에 꼽힌다. 대학 입학이나 취업을 할 때는 우리가 대학과 기업을 선택하는 것이 아니라 대학과 기업이 우리를 선택한다. 개인이 할 수 있는 선택이라고는 원서를 넣느냐 마느냐 정도이다. 점심을 먹을 때도 스스로 선택하지 못하고 동료나 친구의 눈치를 보고 선택지를 제한한다. 이외에도 수많은 선택들이 반강제이다. 그러나 여행에서는 이런 고민이 없다. 스스로 선택하는 즐거움이 있다.

2010년대 들어와 주목받는 여행 방식 중 하나가 바로 "한 달 살기"이다. 여행이 주는 선택의 즐거움을 넘어 거주 환경의 선택을 스스로 하게 되는 이 여행 방식은 2017년을 기점으로 폭발하듯이 늘어났다. 2017년 가장 뜨거웠던 키워드 '욜로YOLO'와 가장 영향력 있던 예능 <효리네 민박>의 결합은 이러한 한 달 살기라는 새로운 여행 방식이 유행하는 데 최적의 분위기를 제공했다. 하고 싶은 일을 하고 하기 싫은 일은 하지 않는 유토피아적 휴가는 삶의 새로운 방식을 보여주었다. 이렇게 한 달 살기를 하는 사람들의 눈에 대도시에서는 볼 수 없던 생기가 생겼다. 진정한 선택의 자유를 누리며 살아갈 수 있기 때문이다.

한 달 살기를 하고 있던 아이 엄마에게 이런 여행 방식의 단점이 있냐고 물어보았다.

"사실 우리는 힘든 게 없어요. 살면서 이렇게 일 안 해본 날이 긴 건 처음이니까요. 그런데 우리보다 가족이나 친구들이 더 걱정해요. 이렇게 떠나면 돈은 어쩌고 앞으로 일은 어쩌고 하면서. 하하."

한 달 살기를 하면서 아쉬운 것 없는 삶을 살고 있는 그들의 유일한 걱정은 한국의 지인들이 자신들을 걱정한다는 것이었다. 우리는 수많은 선택에 둘러싸여 살아간다. 이 가족은 자신들을 둘러싸고 있는 선택이 아닌 선택의 틀 자체를 깨버리는 선택을 했다.

나도, 당신도 이 가족의 선택이 대책 없는 일이라고 생각할 수도 있다. 여행이 사회의 단면을 보여준다고 하면, 한 달 살기는 여전히 여유로운 삶에 알레르기 반응을 보이는 우리 사회의 자화상을 여과 없이 보여준다. 이런 여유로운 삶을 살고 싶지만 너무 빠른 속도로 변하는 사회에서 도태될 것을 염려하는 우리의 모습을 보여준다. 개인의 선택이라는 선을 당연하다는 듯이 걱정이라는 포장으로 넘어선다.

"그런데, 우리 애가 여기 와서 '엄마, 나 여기 와서 너무 행복해'라고 한마디 했는데, 그 한마디가 여태 살아오면서 들었던 가장 감동적인 말이었어요."

 아이의 엄마는 마지막 말을 덧붙인 뒤 나에게 인사를 건네고는 떠났다. 아이가 행복하다고 하는데 그것만큼 이 가족에게 소중한 것이 있을까. 한국으로 돌아가 직장에서 뒤쳐지더라도, 남들에 비해 돈 버는 일에 조금 밀리더라도, 이 가족은 사랑하는 아이의 유년기 시절 행복을 얻었다.

오랜만에 여행을 떠나기 위해 짐을 싼다. 3박 4일 여행이니 짐이 많을 필요는 없어 보인다. 양말 세 켤레, 속옷 세 벌, 흰 티셔츠 세 벌, 위에 걸치는 옷은 두 벌이면 충분, 바지는 청바지와 반바지를 번갈아 입으니까 한 벌씩만. 세면도구도 챙겨야 한다. 도착해서 살 수도 있지만 집에 있는 물건을 또 돈 주고 사고 싶지는 않다. 칫솔, 치약, 치실, 폼클렌징과 면도기, 어디선가 받은 작은 사이즈의 샴푸와 바디워시, 로션. 밖에 나가려면 머리 손질은 해야 하니 왁스도 챙긴다. 모자도 하나 챙겨야 한다. 더 챙길 것이 없는지 생각하다 떠올랐다. 잘 때 입어야 하는 바지와 슬리퍼 한 짝. 아직 끝이 아니다. 디지털 시대에 걸맞게 또 다른 생명줄을 챙겨야 한다. 미리 충전시킨 보조배터리와 충전기 두 개(단자가 두 개다), 언제나 들고 다니는 노트와 펜, 그리고 심심할 때 읽을 수 있는 책 한 권까지. 이제 정말로 끝이다.

작은 가방을 챙겨가려 했지만 짐이 다 들어가지 않는다. 결국 가볍게 싼다고 생각했지만 가방은 또다시 커졌다. 짧은 일정이라도 짐이 이렇게나 많다. 무엇을 위해 이렇게 많은 짐이 필요한가. 필요 없는 건 없는 건가 다시 생각해봐도 꼭 필요한 것들뿐이다.

그런데 또 내가 살아남기 위해 필요한 짐이라고 생각해보면 그리 많지는 않다. 여행을 간다고 생각하고 짐을 싼 것이지만 이대로 이사를 간다고 생각하면 부족하다. 추운 날, 더운 날 입을 옷들도 더 챙겨야 하고, 집에 쌓인 책들도 챙겨야 한다. 가장 중요한 짐은 아무래도 이불과 식기도구다. 간과하고 있지만, 이불, 침대, 식기도구는 집에서 살아가기 위해 꼭 필요한 것들이다.

살아가기 위해 필요한 것들을 의식주라고 한다. 어렸을 때는 의식주라는 말이 이상하게 들렸다. 왜 의식주일까? 옷과 음식과 집이 인간이 살아가는 데 필요하다고 하지만, 사실 음식 말고 나머지 둘은 없어도 살 수 있지 않을까? 선사시대에는 옷과 집 없어도 음식만 있으면 살 수 있지 않았는가. 무인도에 떨어진다고 하면 음식만 있으면 될 텐데. 이런 식의 의문이었다.

당연히 착각이다. 인간이란 무엇인가라는 철학적 질문에 답을 할 수는 없지만, 음식만 있는 인간은 동물과 다를 바 없는 존재라는 건 당연하다. 호모 사피엔스 사피엔스라는 생물의 한 종으로의 인간이 아니라 지금 살아가는 한 존재로의 인간에겐 의식주 모두 필요하다. 의식주가 옷과 음식과 집을 말하기는 하지만, 그 속에 숨은 뜻을 이해하지 못한 탓이다.

'의'는 옷이다. 옷은 곧 사회생활을 의미한다. 옷을 입지 않고 만나는 사람은 거의 없다. 보온 기능으로의 옷도 중요하지만 더 중요한 건 옷을 입고 사람을 만난다는 개념이다. 인간(人間)이란 사람과 사람 사이라는 말이니 사람은 다른 사람을 만나며 이해하고 받아들이고 발전하며 살아간다.

'식'은 음식이다. 음식은 생존을 의미한다. 생존, 즉 살아 움직이며 생명을 유지하기 위한 필수 조건이다. 사람과 사람 사이에 있더라도 생명으로 활동하지 못하는 사람은 사람이 아닌 셈이다.

'주'는 집이다. 집은 단순히 움막이 있다고 집이 아니다. 집은 안전을 의미한다. 내 삶을 위한 안전이 보장되는 장소로서 집은 필수다. 집에서 안정감을 얻지 못한다면 그건 집이 아니다. 단순히 잠을 자기 위해 존재하는 장소인 셈이다.

이렇게 생각하니 의식주가 이해가 된다. 그 때문인지 여행을 위한 짐에는 주나 식이 포함되지 않는 편이다. 식기도구를 챙기는 경우는 거의 없고, 음식도 기껏해야 김치 조금이나 라면, 혹은 작은 고추장이다. 이불이나 침대도 챙기지 않는다. 캠핑이 아닌 이상 결국 여행에 필요한 건 대부분 옷이다.

그래서 짐을 싸는 건 여행에 있어서 중요하지만, 여행이 끝나면 다시 생각나지는 않는다. 무슨 호텔에서 잤는지, 어떤 음식을 먹었는지 선명하게 기억나는 것과는 대비된다. 짐의 대부분은 옷인데, 옷은 결국 내가 보기 위해서가 아니라 남에게 보여주기 위한 사회관계의 도구이기 때문이다.

여행의 짐들은 결국 인간으로 살아남기 위해 꾸리는 것이 아니라 나의 인간관계를 생각하며 챙기는 것이다. 사람 관계에 지쳐서 떠났던 여행의 옷은 최대한 단순했다. 평소에 입던 옷들, 적당히 사람 행색를 보여줄 수 있는 옷가지를 챙겼다. 반대로 새로운 만남을 은근히 기대하고 떠난 여행에서의 옷들은 화려했다. 나답지 않은 옷들도 더러 있었다. 연인이나 친구들처럼 내가 좋아하는 사람들과 떠난 여행에서는 내가 좋아하는 옷들로 짐이 가득했다.

어떤 옷을 입는지는 결국 표정처럼 떠나온 이곳에서 어떤 사회관계를 생각하느냐에 달려 있다. 여행을 위한 짐 속에도 결국 내가 생각하는 나의 사회관계가 고스란히 담겨 있다. 여행은, 지금 내가 속한 사회관계에서 벗어나 완전히 단절되고 새로운 공간으로 떠나는 것이기 때문이다. 그 여행이 어디로 향하든 말이다.

14. 사라져가는 골목의 흔적을 찾아서

나는 '고향'이라는 단어가 버겁다. 아직 어려서인지 사람들이 이 단어에서 받는 특별한 감정을 나는 느끼지 못하겠다. 타향살이를 해본 적 없어서 고향에 대한 향수가 없기 때문일 수도 있겠다. 고향 하면 시골을 떠올리는 편협함도 있다. 고향의 사전적 정의 중 하나가 '조상 대대로 살던 곳'이라는데 선산이나 집안 소유의 논밭이 있는 시골이 떠오르는 것이 이상하지는 않다.

고향이라는 말의 뜻은 여러 가지가 있다. 그중에는 '자신이 태어나고 살던 곳'이라는 의미도 있다. 이렇게 따지면 나의 고향은 분명 구리시다. 정확히 말하자면 구리시 인창동. 태어나서 지금까지 장기간의 여행을 제외하고는 이 작은 도시를 떠난 적이 없다. 고향이라는 단어에는 '마음속에 깊이 간직한 그립고 정든 곳'이라는 정의도 존재한다. 언제나 우리 집은 구리시에 있고, 집에 가고 싶다는 생각이 들면 떠오르던 곳이 이 동네이니, 그럼 고향이라고 말할 수 있다.

구리시, 특히 인창동은 짧은 시간 동안 많은 변화를 겪은 동네이다. 요즘 세상에 서울을 포함한 수도권 근교에서 이런 변화가 없는 도시가 없긴 하다. 5년 단위로 봐도 작은 건물들은 사라지고 크고 높은 빌딩들이 하나둘 생겨난다. 시외로 나가려면 버스밖에 없던 동네들도 이제는 웬만하면 지하철역 하나씩은 있다. 우리 동네도 이런 도시적 변화가 꾸준히 지속되어왔다.

30년 전만 해도, 아니 내가 어릴 적인 20년 전만 하더라도 상상하지 못할 정도로 지금과는 다른 모습이었다. 집 근처에는 오수가 흐르던 작은 굴도 있었고, 기차역은 존재하지 않았지만 청량리발 기차들이 매시간 지나갔다. 말 그대로 나는 기찻길 옆 오막살이에서 잘도 자던 아기였다. 동네에서 유일하다시피 한 아파트를 제외하고는 엘리베이터가 존재하는 건물조차 없었다. 우리 집도 5층 빌라였는데 동네에서는 꽤나 고층이었다. 대부분의 작은 연립 주택들은 80, 90년대에 유행하던 붉은 벽돌로 지어졌다. 거칠고 붉은 벽돌로 지은 3층 내외의 연립주택들 사이에는 마당 있는 2층 단독주택들도 드문드문 서 있었다. 그리고 남은 공간에는 슬레이트판이 대충 올라간 작은 공장들이 들어섰다. 무질서 속의 질서, 불협화음 속의 하모니같이 동네에 어지럽게 펼쳐진 집과 건물들 사이에는 골목이 있었다.

골목은 살아 있었다. 언제나 사람들이 있었다. 할머니들이 모여서 수다를 떨던 골목 안 방앗간은 경로당이었고, 할아버지들이 장기와 바둑을 두시던 낡은 의자들은 기원이었다. 앞을 터서 온갖 물건들을 늘어놓고 팔던 문방구는 동네의 작은 신문사처럼 언제나 각종 소식을 전했고, 모래보다는 흙으로 이루어진 놀이터는 어린이집이자 유치원이었다.

그러다 보니 어린 우리의 하루도 골목에서 시작해 골목에서 끝났다. 해가 지기 전까지 최대한 놀아야 하기 때문에 밥 먹고 나면 신발도 제대로 못 신고 우선 골목으로 달려나갔다. 언제 어디서 만나자는 약속은 없었지만 그냥 발이 이끄는 곳으로 가보면 친구, 동네 형과 누나, 어린 동생들까지 모든 또래들이 다 모여 있었다. 보이지 않는 친구가 있다면 다 같이 집 앞에 몰려가서 친구의 이름을 부르거나 싹싹한 형이나 누나가 부모님께 "○○이 어디 있어요?"라고 물었다.

그렇게 모인 우리는 적게는 누나를 따라온 네 살부터 많게는 초등학교 고학년까지 나이대가 천차만별이었다. 축구공을 차다 무서운 사장님이 있는 작은 공장 위로 공이 올라가면 몰래 공을 꺼내기 위해 갖은 수를 썼고, 놀이터에서 삼삼오오 모여 각자 하고 싶은 놀이를 따로 하다가 가장 나이가 많은 형이 하던 놀이로 슬금슬금 다시 모였다. 놀다가 할머니들이 모여 있는 방앗간을 지나갈 때면 각자의 할머니들에게 들렀고, 누구네 엄마가 간식을 해두었다고 하면 모두 몰려갔다. 골목은 일종의 생활공동체이기도 한 셈이었다. 그리고 우리는 그런 골목의 마지막 세대였다.

본격적으로 도시에 사람들이 유입되기 시작하면서 재개발이 진행되었다. 아니, 재개발이 된다고 하니 사람들이 몰려들었다고 하는 편이 더 맞는 표현일 것이다. 우리도 역시 할머니댁에서 분가해 근처 아파트로 이사 가게 되었다. 원래 살던 동네에 새로 생긴 아파트라 불과 1킬로미터도 벗어나지 않았다. 덕분에 가속도가 붙은 도시의 변화상을 바로 옆에서 바라볼 수 있었다.

지금은 이름도, 얼굴도 기억나지 않지만 제일 친했던 친구네 집이 먼저 폐허 속으로 사라졌다. 그리고 그 자리에 고층 아파트가 들어섰다. 목사님 아들이 살던 교회 겸 집은 진즉에 그 자리에 새 건물이 세워졌고, 어린 나이에 리더십이 있어 잘 따라다녔던 누나의 집은 재개발 소리만 20년째 반복하다 이제야 철거를 시작했다. 도시의 인구는 많아졌지만 알던 사람들은 적어지면서 골목은 해체되었다. 우리가 놀던 골목도 재개발 B구역이라는 이름이 붙었고 가로등조차 꺼진 채 남은 철거민들이 나가기를 기다리고 있다.

어쩔 수 없는 일이다. 서울공화국이라고 불릴 정도로 많은 사람들이 서울로 몰려들었다. 그러나 대다수 사람들은 서울 중심에 자리 잡을 여력이 없으니 외곽으로 빠지고, 그곳조차 집이 부족해지니 구리를 포함한 수도권으로 퍼져나갔다. 종이에 물이 스며들 듯

자연스럽고 빠른 속도였다. 연립주택, 단독주택, 판잣집, 슬레이트 집 같은 다양하게 난립한 미로 같은 동네는 이런 빠른 변화의 속도를 따라 재개발 구역으로 꾸준히 변화했다. 풀이나 나무들이 여기저기 규칙 없이 자라고, 사람들이 오가며 발로 만든 흙길뿐이던 야산 아래 마을에 계획적이고 기하학적으로 나무와 꽃이 심어지고, 온갖 장비를 동원해 만든 산책로를 가진 공원 같은 모습으로 바뀌었다. (실제로 동네 뒷산이 깔끔한 공원으로 바뀌기도 했다.)

발트 해부터 지중해까지 동유럽을 한 바퀴 도는 여행을 간 적이 있다. 러시아부터 에스토니아, 라트비아를 거쳐 지중해의 그리스까지 이어지는 동유럽 종단 여행이었다. 그리 길지 않은 일정이었기 때문에 수시로 도시를 바꿔가며 이동해야 했다. 동유럽 국가들의 특징이 눈에 보였다. 모든 시내는 구시가지를 포함하고 있었다. 구시가지를 기준으로 신도심이 퍼져나가는 모습을 취한 도시들도 있었다.

분명 2차 세계대전 때 무너진 건물들이 태반일 테고, 사회주의 시절에 대체된 건물들도 많았을 것이다. 폴란드 바르샤바처럼 전후에 구시가지 자리를 복원한 도시들도 있고, 수백 년 전부터 큰 피해가 없어 조금씩 보수와 수리만 지속한 도시도 있었다. 복원이나 유지를 통해 오래된 건축 양식을 보존해 과거의 흔적을 유지한 것이다. 그런 구시가지가 도시마다 있다는 점이 모든 국가들의 공통점이었다.

신기한 점은 복원된 건물들을 그냥 문화재로 남겨둔 것이 아니라 건축물로 이용하기도 하고, 사람들이 직접 그곳에서 살아가기도 한다는 것이었다. 생각해보면 구시가지라는 말도 한때 사람들이 살던 도시라는 말이다. 당연히 사람들이 거주할 수 있는 공간인 것이다. 역사적으로 의미가 있는 오래된 건물은 보존 차원에서 되도록 사람들이 들어가서는 안 된다고 생각했는데 이렇게 구시가지에서 수많은 사람들이 살아가는 모습이 신기하게 다가왔다. 문화재적 가치를 지닌 건물뿐 아니라 그 주변의 모든 건물을 아우르는 구시가지는 옛 모습 그대로 남아 있었다. 그리고 그 안에서 사람들은 살아가고 있었다. 오래도록 이어 내려온 건물에 살면서, 그들은 그 안에서 너무나도 자연스럽게 살아가고 있었다. 식당, 약국, 은행과 같은 다양한 서비스들이 전통 건물들을 통해 제공되었고 사람들 또한 그 안에서 먹고 자고 하는 삶을 이어나가고 있었다.

이렇게 구시가지에서 삶을 이어가는 사람들에겐 골목이 존재했다. 쓰레기통만 덜렁 존재하는 아스팔트 위의 후미진 골목이 아니었다. 구시가지의 골목은 단순히 골목으로만 의미 있는 것이 아니라 그 안에서 유지되는 사회를 말한다. 어린 시절 내가 살던 골목 사람들과 비슷하다. 서로가 서로를 알고, 이익관계보다는 친분관계로 이루어지다 보니 마치 가족처럼 가까운 사이들로 가득 찬 사이였다.

동양이나 서양이나, 한국이나 유럽이나 인간의 사회적 관계는 대동소이하다. 모두의 마음속에는 정이 있고, 다만 그것을 나누는 방법이 다를 뿐이다. 유리와 벽으로 차단된 아파트와 신시가지에는 없는 풍경이 이곳 구시가지에는 아직 남아 있다. 같은 공간이라 해도 차단되어 나누어진 공간 속 사람들은 자연스럽게 멀어지고, 골목처럼 공간을 함께 유지할 수 있다면 자연스럽게 가까워지는 것이 사람이다.

도시민 전체가 서로 아는 사이는 아니어도, 적어도 자신의 거주지 주변의 사람들과는 인사할 수 있는 생활공동체적 사회가 구시가지의 공간을 통해 유지되어왔다. 문화적 가치가 있는 건물뿐만 아니라 그 안에서 살아가는 사람들을 통해서도 전통이 이어져왔던 것이다. 그들의 전통이 그저 오래된 건물 하나를 지키는 것에 그치지 않았을지 몰라도, 그들은 그 안에서 살아가는 삶을 통해 소중한 가치로서의 인간관계 또한 전통으로 지켜온 셈이다.

한국의 전통적 공간이라고 하면 대개 한옥만 떠올리지만, 재개발로 사라지는 골목도 여기에 포함되어야 하지 않을까? 수많은 골목 사이에서 살아가던 사람들의 관계 역시 과거로부터 이어지던 우리의 삶이었다.

오래된 것들을 무조건 지켜야 한다는 편협한 생각은 아니다. 재개발을 통한 경제적 가치와 사회적 가치를 모르는 것도 아니다. 사라져가는 것들에 대한 개인적 아쉬움으로 투정을 한번 부려본 것이다. 머릿속에서 점점 잊혀가는 골목 사람들과 그 시절 따스했던 관계들이 그리운 것이다. 고향을 떠난 적이 없는데도 고향이 사라지는 아쉬움이기도 하다.

15. 외국에서 한국인을 만난다는 것

 뉴질랜드의 카이코우라는 고래 관광과 물개가 가득한 해변을 제외하고는 큰 볼거리가 없는 작은 해안도시다. 남태평양이 수평선 끝에서부터 넘실거리고 따가운 태양이 모히또를 부르는 멋진 풍경은 뉴질랜드의 많은 다른 해안에서도 만나볼 수 있다.

 이틀간 카이코우라에서 볼 수 있는 모두 것들을 즐기고 난 후, 함께 여행 온 친척동생과 손님이 없는 카페에서 한적한 해안을 바라보며 고양이와 놀아주고 있었다. 더 이상 관광이라고 할 만한 것이 없으니 그저 여유로움을 즐기고 있는데, 한 가족이 카페로 들어왔다. 한국어를 쓰지 않아도 느껴지는 한국인의 기운 덕분에 서로 대화를 나누지 않아도 우리는 서로 국적이 같음을 알 수 있었다.

 엄마로 보이는 분이 말을 걸어왔다. 어디서 왔냐는 질문으로 시작된 대화는 만담이 되었다. 마치 오랜만에 만난 친척처럼 우리는 시간이 가는 줄 모르고 이야기를 나눴다. 저녁을 먹으러 갈 시간이 되자 가방에서 한국 라면을 꺼내 주셨다. 오랜만에 만난 한국인이라 반가웠다는 인사와 함께 우리는 헤어졌다.

이렇게 여행을 하다 보면 가끔 한국인을 만날 때가 있다. 낯선 여행지에서 한국인을 만나면 왠지 반갑다. 서로 안부를 묻고, 정보를 공유하기도 하며, 타지에서 소속감을 느낀다. 특히 한국인이 거의 없는 지역에서 한국인을 만나면 더욱 반갑다. 여행지라 해도 각자의 내면에 한국문화의 유전자를 공유하고 있기 때문이다. 한국인은 대부분 한국어를 쓰고, 한국문화에 길들여져 있다. 피부색이나 생김새도 거의 동일하다. 세세히 보면 다른 부분도 있겠지만, 다른 나라와 문화적 교류가 많은 나라들에 비해 우리는 거의 단일한 문화권이라고 볼 수 있다.

우리는 한국의 문화권에서 살아가고 있으며, 이 한국문화의 유전자 또는 한국인의 문화유전자는 마치 관성처럼 우리를 따라다닌다. 이 때문에 우리는 여행을 떠나서도 같은 한국인을 만나면 괜히 반갑다고 느끼게 된다. 나와는 공통점이 없는 타지에서 나와 공통점을 함께하는 사람을 만나기 때문이다. 낯선 곳에서 고향의 향수를 느낀다고 할까.

반대로, 많은 한국인들 사이에서는 오히려 말을 걸지 않게 된다. 우리는 카이코우라를 거쳐 뉴질랜드 남섬의 최대 도시인 크라이스트처치에 도착했다. 크라이스트처치는 한때 조기유학 붐이 불었을 때 수많은 한국 유학생들이 건너왔고, 뉴질랜드 이민 열풍이

불 때도 많은 사람들이 이 도시에 자리를 잡았다. 그래서 어디를 가도 한국인이 보인다. 카이코우라에서 만난 한국인 가족과의 조우를 마치고 크라이스트처치로 들어가니 길에서 보이는 아시아인은 죄다 한국인이었다. 쇼핑몰에 들어가도 친절하게 한국어로 설명해주고, 식당 종업원도 한국인 유학생인 경우가 많았다. 하지만 그 반가움은 이전보다 덜했다.

다른 이유도 있었겠지만, 아무래도 한국인이 너무 많았기 때문이 아닐까 싶다. 여행은, 특히 해외로 떠나는 여행은 오랫동안 속해 있던 사회나 문화에서 잠시 벗어나고 싶은 욕망에서 비롯되기 마련이다. 한국인을 만나면 당연히 반갑지만, 우리는 새로운 문화 속에서 한동안 내가 속해 있던 사회의 피로를 지우기 위해 떠나는 것도 사실이다. 한국 사회와 문화에 소속되어 있으면서 동시에 그로부터 벗어나고도 싶은 이중적인 열망이 있는 것이다.

여행은 자신이 속한 사회에서 벗어나 새로운 자극을 만나고 싶은 열망에서 비롯된다. 익숙한 것들 속에서 누적되어온 피로감에서 벗어나고 싶은 것이다. 이렇게 떠난 곳에서 한국과 똑같은 자극이 이어진다면 왠지 불편하다. 이런 기분은 한국인들이 특히 많은 일본이나 파리, 혹은 베트남 같은 곳에 가면 여실히 느껴진다. 여행을 떠나는 비행기 안에서 우리의 몸은 한국을 떠났음에도 수많은 한국인들과 함께한다. 도착 후 입국절차를 밟는 동안에도 함께 줄서 있는 수많은 한국인들과 만나고, 기차나 택시를 타고 시내에 진입해도 또다시 돌고 돌아 한국인을 만난다. 그럴 때면 잠시 떠나고픈 우리 사회와 문화에서 결코 벗어나지 못한 기분이 든다.

결국 멀어지면 보고 싶고 가까이 있으면 보기 싫은 상대를 대하는 기분으로 우리는 여행 중에 한국인을 만나게 되는 것이다. 익숙한 문화에서 벗어나고 싶은 열망은 사람들과의 관계에서 얻은 피로감에서 벗어나고 싶은 마음과 다름없어 보인다. 그러니 어쩌다 마주치는 한국인들과는 반가움의 인사를 보내고, 한국인들로 둘러싸여서는 마치 한국의 대도시에서 스쳐 지나치듯 서로를 모른 체하는 것이다. 여전히 벗어나지 못한 문화와 사회에 대한 싫증이다.

이렇듯 우리는 우리 문화에 이중적인 모습을 보인다. 최근에는 한국인이 없는 여행지를 찾아 떠나는 사람들이 늘고 있다. 누구나 갈 수 있는 곳이 아닌, 용기 있는 사람이나 특별한 정보를 가진 사람들만 갈 수 있는 새로운 여행지를 찾는다. 그곳에서 우리는 익숙하지 않은, 전혀 새로운 옷을 입은 듯한 기분을 느낀다. 동시에 그곳에서 만나는 한국인끼리는 더욱 끈끈한 반가움으로 엮이게 된다. 너무 가깝지는 않았으면, 그렇다고 너무 멀지도 않았으면 하는 마음이다.

16. 저는 이 나라에서 50년을 살아도
이방인이에요

나는 어려서부터 다른 나라에서 살고 싶다는 생각을 자주 했다. 별다른 이유는 없었다. 일을 하든, 공부를 하든 그냥 해외에서 아예 눌러 살고 싶었다. 무언지 모를 동경과 선망이 있었던 것 같다. 낯선 문화에 대한 호기심일 수도 있다. 정확히 어느 나라, 어느 지역에서 살고 싶다는 생각은 없었다. 유럽도 좋았고, 아메리카도 좋았고, 아프리카도 좋았다. 나이가 먹어서도 생각은 변함없다. 대학 친구들이 어떤 직업을 갖고 싶다는 목표가 있었다면, 나는 무슨 일을 해야겠다라는 확실한 목표보다 해외에서 하는 일을 하고 싶었다. 나가기만 하면 삶이 언제나 재밌을 것 같은 막연한 환상이 있었다.

크로아티아 두브로브니크의 구시가지 골목에는 한식당이 있다. 직원들은 현지인이지만 사장님은 한국인이다. 크로아티아 물가를 생각하면 저렴하지는 않지만, 오랜만에 라면에 김치라는 그리웠던 조합을 만날 수 있었다. 점심을 이 한식당에서 해결하고 나서 구시가지를 돌아본 뒤 저녁식사 시간 직전에 다시 한식당으로 돌아왔다. 오랜 시간 만나지 못했던 한식이 그립기도 했지만 무엇보다 아이스 아메리카노가 나를 불렀기 때문이다. 뜨거운 커피를 주로 마시는 유럽의 이 도시에서 아이스 아메리카노를 만날 수 있는 거의 유일한 식당이었기에 저녁을 먹기 전에 다시 돌아가 시원한 테라스에 앉아 커피와 함께 앉았다.

식당이 가장 여유로운 시간에 테라스에서 혼자 커피를 마시고 있으니 사장님이 다가와 말을 걸었다. 사장님은 2~3년 전 한국을 떠나 크로아티아에 정착하신 분이었다. 모든 것을 훌훌 털어버리고 이렇게 멋진 도시에 정착하다니, 내가 원하던 삶이었다. 하지만 사장님은 머리를 흔들고는 한숨을 크게 내쉬며 말했다.

"저는 이 나라에서 50년을 살아도 이방인이에요."

해외에서 산다는 것은 만만하게 생각할 일이 아니었다. 한식에 대한 그리움, 향수, 타지에서의 어려움, 낯선 문화와의 갈등 등 산더미 같은 문제들이 존재했다. 무엇보다 사장님이 말한 문제들 중 제일 힘든 점은 그 사회에 녹아들기 어렵다는 것이었다.

사장님은 한국 사회라는 단단한 껍질 밖으로 나가 크로아티아라는 새로운 사회에 정착했다. 하지만 새로운 나라의 껍질에 정착할 수는 있어도 껍질 안의 사회로 들어가는 것은 힘든 일이었다. 한 사회에 새로 들어가려는 외부인에게 그 사회의 생소한 문화와 의식주는 힘들지만 적응할 수 있는 요소들이다. 경제적 활동도 쉽지 않지만 적응할 수 있다. 해외로 나가 정착 및 적응하는 데 기울이는 사람들의 노력은 말로 표현할 수 없을 정도로 혹독하다. 사장님도 크로아티아어라는 공용어도 배우고 현지인들과 어울리기도 했지만 노력만으로 극복하지 못한 문제들로 크로아티아라는 나라에 완전히 융화될 수는 없었다.

언어와 의식주를 뛰어넘으니 그 문화 속에서만 존재하던 밈meme이나 농담, 뉘앙스라는 산이 나타났다. 그리고 그 모든 산을 넘어도 '재미'나 대화에서 관점의 차이가 나타났다. 현지인들과 어울려도 여전히 어색한 부분이 존재했다. 때문에 언제나 껍질에만 머무는 기분이 사라지지 않았다는 것이다. 그 껍질은 바로 보이지 않는 이방인이라는 타이틀이었다.

스팅의 노래 <Englishman in New York>에는 이런 가사가 나온다. "I'm an alien, I'm a legal alien, I'm an Englishman in New York."

미국에 합법적으로 입국해 살아가고 있으면서 스스로를 이방인이라고 말한다. 그 사회에서 살고 있음에도 이방인이라는 타이틀은 사라지지 않는 것이다.

한국에서 활동하는 어느 크로아티아인 인터넷 방송인은 이렇게 말했다.

"한국 사람들은 아무리 친해져도 '어차피 외국인이니까' 이런 식으로 생각하는 것 같다. 마치 벽을 치는 느낌이랄까. 여러 번 느꼈다. 그래서 나도 굳이 한국에 융화되려고 하지 않았다. 인종차별은 아니고, 이걸 뭐라고 해야 되지? 내가 한국에서 아무리 오래 살았어도 그냥 쟤는 다른 존재라고만 규정된다."

크로아티아에 사는 한국인이 겪던 문제를 한국에 사는 크로아티아인이 똑같이 겪고 있었다. 그들은 그냥 다른 존재로 받아들여진 것이었다. 두 국가의 사람들이 인종차별을 해서도 아니고(물론 존재하는 측면도 있지만) 타민족에 특별히 거부감을 가지기 때문도 아니었다. 개인이 타지에 와서 사회 안으로 들어가지 못하는 다양한 이유가 있을 수 있지만, 사회는 다른 나라에서 왔다는 사실 하나 때문에 외부인이라는 프레임을 씌우는 것이었다. 사장님은 이런 이방인이라는 타이틀과 외부인이라는 프레임이 가장 힘들었다고 말했다.

그럼에도 나는 아드리아 해가 멋지게 펼쳐치고 붉은 지붕과 하얀 대리석이 보석처럼 뜨거운 태양에 빛나는 풍경에서 사는 것이 한국에서 사는 것보다 좋지 않느냐고 물었다.

"풍경은 2주만 있으면 눈에 익어서 특별함이 없어져요. 관광객들이야 왔다가 떠나는 입장이니 특별한 감정을 집어넣어서 더 멋진 장소로 기억하죠."

이민, 해외 취업 등 한국을 떠난다는 결정은 한국에서 당연하고 익숙했던 모든 것들과 이별한다는 것을 의미한다. 그리고 그 이별은 이제 나를 이방인으로 보는 사회의 겉껍질에서 살아야 한다는 말이기도 한다. 단지 풍경만 보고 살 곳을 정하는 일은 영화에서만 나오는 일이었다. 결국 향수병은 자신이 속해 있던 문화가 그리워서뿐만 아니라 그 사회의 단단한 껍질을 깨지 못하기에 생길 수밖에 없는 것이다.

목표가 명확한 사람들도 사회에 들어오지 못하는 이방인으로 살며 향수병을 겪는데, 목적 없이 단순한 동경만으로 그 모든 것들을 감당할 수 있을까. 외지인으로만 살아야 하는 것은 고달픈 현실이다. 쉽게 판단하고 쉽게 생각하면 안 되는 일이었다.

17. 나를 규정하는 인종

　바라나시의 어지러운 골목 한쪽 끝에 위치한 게스트하우스에 짐을 풀었다. 다른 여행지들에 비해 물가가 저렴한 인도에서도 허리띠를 졸라매 하루에 3000원, 우리나라에서 커피 한 잔 값도 안 되는 가격으로 침대 한 칸을 배정받았다. 여행할 땐 돈을 아껴야 한다는 신념으로 게스트하우스만 찾아다니다 보니 나도 모르게 게스트하우스로 향했다.

　게스트하우스의 5층은 식당 겸 휴게실 겸 흡연실이었다. 날이 저물면 방에 있던 여러 국적의 사람들이 인종을 불문하고 맥주나 간식, 담배 등을 들고 옥상으로 올라와 하늘을 천장 삼은 각자 들고 온 것들을 공유하며 둘러앉아 이야기를 나누었다.

　낯선 도시의 어둠이 겁이 나 일찍 숙소로 들어온 어느 날, 평소와 같이 옥상에 올라가 일기를 썼다. 며칠간 마주하며 인사했던 눈에 익은 사람들이 하나둘씩 올라왔다. 서서히 저무는 해와 함께 감성에 젖어 낯설지만 친근한 사람들과 대화를 시작했다. 이 도시에 대한 서로의 감상으로 시작한 이야기의 봇물은 걷잡을 수 없이 다양한 대화로 뻗어 나갔다.

끊임없이 변하던 주제는 어느새 문신으로 바뀌었다. 서로의 문신에 대해 이야기하던 중 한 명이 나에게 문신이 있냐고 물어보았다. 아니라는 대답을 하기도 전에 구석에서 탁자를 칼로 긁고 있던 한 남자가 "당연히 없겠지"라고 말했다. 근육도 없고 어깨도 좁은 안경잡이라 무시하는 것인가 하고 기분이 나빠지던 그 순간 남자는 주머니에서 대마초를 꺼냈다. 담배처럼 생겼지만 색부터 확연히 다른 검은 이파리들을 얇은 종이에 싸고 성냥으로 불을 붙여 한 모금 빨아들이고는 몸을 뒤로 뉘였다. 대마가 금지된 우리나라에서는 볼 수 없는 광경이라 신기하게 바라보았다. 남자는 한 모금 더 빨아들이고 코와 입으로 연기를 내뿜었다.

대마초는 옆에 있던 사람에게 건네졌다. 대마를 받은 사람은 한 모금 연기를 빨아들이고 다시 옆에 있는 사람에게 건넸다. 반 바퀴 정도 돌았을까, 중국에서 영어선생을 하고 있다는 한 사람이 나에게도 건넸다. 많은 해외여행자들이 마주하는 호기심과 불법 사이의 선택에서 나 또한 잠시 고민했다.

이미 하루에 담배 한 갑을 피우는 골초라 식물의 이파리를 태워 그 연기를 마시는 행위 자체에 거부감은 없었다. 하지만 대마초라는 마약에 대한 호기심보다 속인주의의 한국 법이 더 두려워 거절했다. 양손을 펴고 살짝 흔들면서 나는 괜찮다고 하는 순간, 이 술잔 돌리기 같은 행위를 시작한 남자가 아직 바닥에 널브러진 채로 말했다.

"아시아인들이 그렇지 뭐."

옆에 있던 인도인이 자신도 아시아인이라며 수습하려고 했지만 한번 차가워진 공기는 가슴 한편을 시큰하게 훑고 지나갔다. 인종차별이나 마약의 폐해를 말하고자 하는 것이 아니다. 왜 그는 나를 '아시아인'이라면서 나에 대해 다 아는 듯 말했던 것일까? 캐나다인이었던 그의 관념 속의 아시아인, 특히 중국, 일본, 한국을 묶은 동북아시아인은 미디어가 보여주는 스테레오타입화된 인종 그 자체였다. 법의 테두리를 벗어나는 행동은 절대 하지 않으며, 용기가 없기 때문에 문신이나 대마초를 하지 않은 인종인 것이다. 그의 눈에 나는 그가 미디어를 통해 만났던 동북아시아인, 덩치가 작고, 자기주장을 펼치기보다 남의 의견을 수용하는 것에 익숙하고, 학창시절 뙤약볕에서 살을 태우며 운동하기보다 책상 앞에서 수두룩한 문제지에 둘러싸여 살아온 범생이 같은 '인종'이었다. 반박하고 싶지만, 사실 그가 생각하는 아시아인과 나는 완전히 부합했다. 부모님이 싫어하시니 문신을 하지 않았고, 법에 저촉되는 행위가 두려워 대마초를 거절했다. 큰소리로 싸우기 싫어 저런 소리를 들어도 가만히 앉아 있었고, 운동보다는 책상 앞에 앉아 있던 시간이 길었으며, 무리에서 조용하게 남의 의견을 수용하는 편이었다.

대부분의 인간은 태어나면서부터 보수적이다. 정치적인 의미의 보수가 아니라, 문자 그대로 삶의 연속성을 가지고 현상을 유지하는 것에 만족하지 현실을 깨부수는 데에는 거부감을 갖는다. 때문에 자신의 삶을 방해하는 새로운 현상을 기피하게 된다. 이직이나 결혼, 혹은 새로운 도전에 큰 결심이 필요한 것도 이러한 이유 때문이다. 그래서 우리는 틀을 깨거나 새로운 도전에 주저하지 않는 사람을 개척자 혹은 영웅이라 부르면서도, 누군가가 당장 일을 관두고 새로운 도전을 한다고 말하면 이구동성으로 만류한다.

우리가 머릿속으로 타인을 기호화하는 이유도 마찬가지다. 새로운 사람을 만나고 그 사람이 어떤 사람이고 어떤 존재인지 파악하기 위해 정신적 에너지를 쏟기보다, 기존에 만났던 익숙한 스테레오타입에 그 사람을 끼워 넣는 보수적인 판단이 익숙하다. 이런 기조로 관상이라는 점복학이 과학만능주의의 현대에도 남아 있는 것이다. 외국인을 보는 시선도 이와 다를 바가 없다. 생각해보니 나 또한 머릿속에 정립된 관념에서 벗어나지 못했다. 나도 어디에서 외국인을 우연히 만나면 우선 입에서 영어가 먼저 튀어나간다. 그리고 대개 유쾌하고, 남들과 잘 어울리고, 맥주를 좋아하는 이미지를 생각하게 된다. 우리 눈앞의 낯선 존재가 스테레오타

입으로 정체성이 대체되는 것이다.

물론 같은 나라 사람이라 해도 성격은 다양하다. 스테레오타입
화된 인종적 성격과 전혀 다른 모습을 가진 사람도 존재한다. 한
국인임에도 내성적이기보다는 외향적인 사람이 있고, 타투를 가
진 사람도 있으며, 법에 대한 두려움보다는 호기심이 더 큰 사람
이 있다. 반대로 캐나다에서 자란 사람이더라도 내성적이고 소심
한 사람이 있고, 대마가 자유라도 단 한 번도 도전하지 않은 사람
도 있을 것이다. 다양한 성격의 인간군상은 나라나 민족을 뛰어넘
어 존재한다.

하지만 한 인간을 구성하는 인종, 민족, 국가의 정체성을 빠뜨릴
수는 없는 법이다. 인간은 다양한 인종으로 이루어져 있다. 그리
고 유전자의 우성과 열성(과학적으로 두 유전자가 만났을 때 발현되
는 정도를 나타내는 것이지 우생학적으로 우월하고 열등한 것을 의미하
는 것이 아니다)으로 인해 인종으로 구분되는 인간은 이런 유전적
인 차이를 가지고 있다. 한편, 인간은 사회 속에서 살아간다. 그리
고 사회의 관습이 겹치고 겹쳐 문화를 이룬다. 그래서 그 문화 안
에서 교육받고 자라온 사람을 규정하는 것 중에서 문화를 배제할
수 없다. 우리는 좁은 땅을 가진 나라에서 태어났으며, 그 좁은 땅
에서 제한적인 일자리 등 작은 바늘구멍을 통과하기 위해 인생의
시기마다 시험을 통과해야 하는 나라에서 살고 있다. 그리고 유교

와 사실상 통일성의 인종 정책이 겹겹이 쌓아올린 나라이다. 때문에 운동보다는 공부가 우선이고, 말보다는 생각을 우선하라는 문화가 내면에 우리도 모르는 사이 자리 잡았다. 우리는 우리 사회 속에서 살아가기 위해 직면한 다양한 문제를 해결하기 위해 이런 인종으로 자란 것이고, 다른 나라나 민족은 그들의 문화와 문제가 있기 때문에 그들의 방식대로 교육받고 자란 인종이 된 것이다. 결국 이러한 요인들로 인해 우리의 성격은 스테레오타입화까지는 아니더라도 어느 정도의 유사성을 지니게 되며, 서로의 민족 혹은 국가에 대한 문화를 미디어를 통해서만 알고 있더라도 상대방에 대해 질문하면 절반은 맞는 편이다.

나는 이러한 스테레오타입화된 성격에서 벗어나지 않는 평범한 인간이었다. 누군가는 앞선 상황에서 불쾌함을 감추거나 화를 참는 것이 비겁한 행위라고 생각할지도 모른다. 하지만 나는 그런 부당함에 마땅한 화를 내는 호걸이기보다 싸움을 두려워하는 소인배였다. 그렇다면 그 인종적인 스테레오타입처럼 살지 않기 위해 노력해야 하는 걸까, 아니며 그들의 관념에서 벗어나기 위해 몸부림이라도 쳐야 하는 걸까, 아니면 그 인종적 스테레오타입을 인정하며 그 안에서 살아가는 것을 인정해야 할까.

"아시아인들이 다 그렇지 뭐"라는 말을 들었을 때 나는 그들이 원하는 인종의 모습을 보여주었다. 순하고 다툼을 싫어하는 아시아인처럼, 다만 제스처는 그들이 쓰는 대로 입을 삐죽이고 어깨를 들썩 올렸다. 그리고 그냥 그들이 생각하는 것처럼 아무렇지 않은 척 속으로만 남겨두었다.

18. 릭샤 기사가 사기 치는 이유

아그라를 떠난 우리는 간신히 기차를 잡아타고 자이푸르로 향했다. 인도 여행을 하는 많은 사람들이 대부분 들른다는 자이푸르는 아그라, 델리와 거리도 가까워(아그라에서 200킬로미터, 델리에서 250킬로미터다) 이 셋은 북인도 트라이앵글로 불릴 정도로 유명하다. 분홍색 벽돌로 건물을 쌓아올려 핑크 시티라고 불릴 정도로 아름다운 도시이기에 우리를 포함한 수많은 관광객들이 이 도시로 이동하고 있었다. 가까운 거리인 탓에 연착되는 기차를 타고도 6시간 만에 도착할 수 있었다. 아침 기차를 타고 낮에 새로운 도시에 도착하니 낯설다.

늘 그렇듯 낯선 도시의 첫인상이 좋기도 하지만 두렵기도 하다. 설레는 마음으로 새 풍경을 눈에 담으며 신기해하기도 하지만, 동시에 아무런 정보도 없는 장소라 모든 것들이 낯설다. 도시에 대한 무지에서 오는 두려움이다. 복잡 미묘한 감정을 가슴에 품고 우리는 역 밖으로 나왔다.

친구는 휴대폰으로 우버 택시를 호출했다. 차량 공유 서비스로 출발한 우버는 이제 인도에서 콜택시처럼 이용되고 있다. 처음 우버 서비스가 탄생했을 때는 카풀의 일환, 혹은 짬나는 시간에 뛰는 아르바이트 같은 개념으로 활용되었다. 하지만 인도 시장으로 들어온 우버는 투잡 개념이 아닌 콜택시처럼 활용되었다. 한국에서는 맥도 못 쓰고 떠나버린 우버였지만, 확실히 인도에서는 택시 대용으로 정착했다. 호출도 빠르고, 다른 이동수단보다 안락하고 안전하기도 하면서 가격 실랑이도 하지 않아도 된다는 장점 덕분에 우버는 인도의 어느 도시를 가도 편리한 교통수단이 되었다.

호출한 우버를 기다리기 위해 역 앞에 서 있으니 릭샤 기사들이 슬금슬금 모여들었다. 오토바이를 개조한 오토릭샤 기사부터 자전거로 손님을 끌고 가는 릭샤 기사까지 모두 우리를 먹잇감 노리는 하이에나처럼 바라보고 있었다.

"릭샤 탈래요? 어디까지 가요?"

"아 저희 ○○까지 가요. 근데 이미 우버를⋯⋯."

"아, 거기까지면 200루피면 갈 수 있어요. 빨리 따라와요. 짐 들어줄게요."

릭샤 기사는 우리가 우버를 불렀다는 말을 채 마치기도 전에 우리의 짐을 들며 따라오라고 했다. 나는 눈이 휘둥그레져 릭샤 기사에게 말했다.

"200루피라고요? 말도 안 돼. 우버는 100루피인데?"

말도 안 되는 가격이었다. 안락하고 편하지만 비싼 우버가 목적지까지 100루피인데 이 릭샤 기사는 불편하고 느린 릭샤로 우버보다 더 비싼 200루피나 불렀다. 아무리 인도에서 흥정이 당연하다고 해도 원래 가격의 4배에 가까운 가격을 처음부터 부를 줄은 몰랐다.

"필요 없어요. 우린 이미 우버 불렀어요."

"에이, 농담이었어요. 도시 구경도 포함해서 80루피에 가줄게요. 어때요? 지금 바로 출발할 수 있어요. 우버처럼 기다리지 않아도 되니까 따라와요."

가지 않겠다는 여행자와 가자는 릭샤 기사 사이에 실랑이가 길어지는 사이, 우리가 호출한 우버가 도착했다. 우리는 통쾌하게 웃으며 손을 흔들고는 곧바로 차에 올라탔다.

생각해보면 어처구니없는 흥정이 따로 없다. 자본주의 시장의 특징 중 하나가 소비자는 더 좋은 서비스와 저렴한 비용으로 이동한다는 것이다. 우버와 릭샤를 비교하면 우버의 절대적인 우위다. 가격, 서비스 모두 우버의 승리다. 여행을 하다 보면 우버가 인도를 점차 장악하고 있다는 사실이 체감이 되었다. 하지만 편한 우버가 득세한다고 하니 안타까운 감정도 들었다.

우버로 돈을 벌려면 개인택시처럼 자신의 차가 있어야 한다. 자차를 보유하고 있다는 말은 곧 인도에서 중산층이라는 말이다. 이에 반해, 릭샤 기사들은 대부분 차 한 대도 구하지 못할 만큼 가난한 삶을 살고 있다. 법인택시처럼 회사 릭샤로 하루 벌어 하루 먹고 사는 경우도 있고, 집안에 있는 돈을 끌어 모아 겨우 오토바이를 개조한 듯 보이는 오토릭샤 한 대를 장만해 생계를 이끌거나, 혹은 그 돈도 없어 자전거 인력거를 끌기도 한다.

우버가 들어오기 전에는 거의 동등한 사업성을 가졌던 릭샤 기사들끼리 경쟁을 했다. 하지만 시장을 파괴하며 압도적인 서비스를 제공하는 우버가 새로운 교통수단으로 들어오자 두 사업체 사이에 자본적인 간극이 생겨버렸다. 릭샤의 주요 돈벌이였던 돈 있는 관광객들이 불편한 릭샤에서 편한 우버로 점차 이동했다. 줄어든 시장에서 릭샤 기사들은 우버를 호출할 줄 모르는 사람들이나 혹은 현지인들을 대상으로 돈을 벌어야 했다. 경제적 판단으로는 우버의 승리이며 릭샤의 몰락이 예견되었다. 하지만 우버를 몰고 싶어도 몰 수 없는 릭샤 기사들이 사라지는 손님들을 바라보며 손가락을 빨고만 있어야 하는 것일까. 자본주의에서 당연하다고 느껴지는 경쟁력 약한 이들의 도태를 당연하다고만 생각하기에는 씁쓸할 뿐이다.

기술과 자본이 발전하면서 생기는 이런 갈등은 한국에도 존재한다. 한 예로 대형마트의 등장과 재래시장의 위기를 들 수 있다. 철저한 위생과 다양한 상품, 그리고 편리한 쇼핑 구조로 이루어져 점차 발전하는 대형마트와 달리 상대적으로 모든 방면에서 밀릴 수밖에 없는 재래시장은 이제 점차 소비자들에게 외면받고 있다. 구경하는 재미와 사람 사는 냄새로 그나마 명목을 이어온 재래시장이었지만, 그런 재미 역시 이젠 대형마트도 풍성한 볼거리를 제공하기 시작했다. 대형마트가 단순히 장을 보기 위한 공간이 아닌 가족 나들이의 공간으로 변화한 것이다.

이런 불편한 현실을 타개하기 위해 재래시장도 나름 살아남기 위한 변화와 혁신을 추구했다. 하지만 자본이라는 구심점으로 다양한 시도와 발전을 하는 대형마트와 달리 재래시장은 확실한 구심점이 없어 변화가 어려웠다. 결국 하루하루 매출이 줄어드는 것을 목도하지만 다른 변화의 방법이 없어 결국 사라지기만을 기다리는 신세가 되어버렸다. 기술, 자본, 인력 모두 뒤쳐진 상황에서 변화의 길을 찾는 것조차 어렵기 때문이다.

릭샤 기사들도 마찬가지였다. 우버와 다른 자신들만의 차별점을 찾아내 확실한 소생의 방안을 찾아야 했지만, 쉽지만은 않았다. 그래서 결국 이 릭샤 기사들이 선택한 것은 당장 하루 이틀이라도 돈을 더 벌기 위해 감언이설로 '호갱(호구+고객)님'들을 추려내는 것이었다. 더이상 릭샤 운용이 불가능해질 때까지 조금이라도 더 시장을 빨아먹는 루징게임이다. 이들의 교육 수준이나 복지 수준도 낮으니 다른 사업으로의 진출이나 다른 진로 선택도 어려웠다. 릭샤를 버리고 다른 일을 찾기 전까지는 릭샤 기사를 해야만 한다. 소생 불가능해질 정도로 도태하더라도 우선 오늘 내일이라도 제 살 깎아먹으며 돈을 버는 길을 선택한 셈이다.

안타까운 일이지만 그렇다고 여행객들이 자본주의의 상징인 우버를 타지 말고 빈민 노동자들을 위한 릭샤를 고수하자고 할 수는 없다. 나조차도 우버가 더 편하고 저렴하고 빠르기에 더 좋았는데, 불편하고 느린 릭샤를 타자고 하기엔 어폐에 있다. 다만 우버를 타고 있었지만 마음은 편치 않았다. 내가 조금 느리고 불편하더라도 이들을 위해 시간과 돈을 조금 쓸 만큼의 여유가 있는지 생각해보았다. 내가 가진 이 불편한 감정이 단순한 연민인지, 혹은 조금이라도 도울 수 있기를 바라는 마음인지. 도울 수 있는 방법이 적은 사회적 약자나 기술적 약자에 대한 동정은 언제나 이런 씁쓸한 입맛을 남긴다.

19. 잃어버린 생일을 찾아서

　내 생일은 4월 중순이다. 벚꽃이 지고 여름이 찾아오는 애매한 날이고, 3월 2일로부터 정확히 6주가 되기 전날이다. 정확히는 대학교 1학기 중간고사 바로 직전 날이다. 지인들이 페이스북이나 카카오톡에서 "○○○님의 생일입니다!"라는 문구를 보고 "생일 축하해~! 시험 잘 보고 시험 끝나면 술이나 마시자"라는 메시지를 끊임없이 보내왔지만, 나는 생일이라고 특별하게 챙기지는 않았다. 어머니가 끓여주신 미역국을 먹고 학교나 도서관에 가서 밤 열두 시가 지나가는 것을 구경하기만 했다. 시험이 끝나고 뒤늦게 생일을 기억해줘 축하해줄 애인도 없었으니 그냥 이렇게 지나가는 것이 지난 수년간의 생일이었다. 대학교를 졸업하고 사회생활을 할 때는 생일보다는 그날 처리해야 할 일들이 우선순위였다. 그러다 보니 생일에 큰 의미를 두지 않게 되었다.

　에스토니아의 수도 탈린에서 맞은 스물다섯 번째 생일도 나에겐 별다를 것이 없었다. 생일이라는 특별한 이벤트보다는 전날 도착한 탈린의 구시가지에서 맞은 아침이 더 특별했다.

수백 년의 시간을 그대로 간직한 탈린의 구시가지는 어린 시절 읽던 동화책 그 모습 그대로다. 돌로 되어 울퉁불퉁한 바닥은 어디선가 말발굽 소리가 나는 듯한 환청을 느끼게 해준다. 민트색, 노란색, 아이보리색 등 다양한 색깔로 칠해진 건물들이 자신들만의 특색을 뽐내면서도 서로 하모니를 이루어 지루하지 않다.

날씨마저 이 아름다운 도시를 빛나게 해준다. 푸르다 못해 부서질 것 같은 아름다운 하늘을 가진 탈린은 어디를 가도 바삭거리는 볕이 들었다. 여유롭게 햇빛을 따라 걷다 보면 구시가지 한가운데 있는 넓은 광장에 도착한다. 광장에는 수백 년이 된 고풍스러운 시청이 떡하니 서 있다. 그리고 그 주변으로 넓게 퍼진 레스토랑들이 시청을 바라보고 있다. 전통 복장을 입고 에스토니아 음식을 서빙하는 종업원들은 낯선 여행자들에게 음식 냄새를 풍기며 넌지시 유혹한다. 날씨도 완벽하고 음식 냄새도 완벽하니 못 이기는 척 레스토랑 앞에 있는 테라스에 앉아 맥주와 달짝지근한 에스토니아식 콩요리를 주문했다.

알코올이 몸에 받지 않아 한국에서도 술은 잘 마시지 않았다. 하지만 이렇게 따사로운 햇볕에 고풍스러운 도시의 레스토랑에서 맥주를 마시지 않는 것은 너무 안타까운 일이다. 주변의 다른 사람들처럼 높은 시청을 바라보며 손이 시릴 정도로 차가운 맥주를 거품부터 쭉 들이켰다. 목을 타고 내려가는 차가운 탄산의 따가운 느낌에 숨을 크게 내쉬자 상쾌함이 온몸을 간지럽힌다.

다시 한 번 두 눈을 감고 차가운 맥주를 들이켜니 머리가 띵하다. 눈을 뜨니 광장 사이의 골목에서 색색의 옷을 입은 어린아이들이 손을 잡고 뛰어온다. 쏟아지듯 나오는 아이들은 중세시대에 어울 릴 복장을 하고 끊임없이 걸어와 광장을 가득 채운다. 여덟, 아홉 살로 보이는 아이들부터 거의 중고등학생처럼 보이는 아이들까지 모두 광장을 가득 메우고는 둥글게 원을 만들었다. 그리고 마치 강강술래를 하듯 서서히 돌기 시작한다. 아이들의 얼굴에는 환한 미소가 가득하다. 마치 나도 모르게 내 생일을 축하해주는 이벤트 같다.

공연을 보면서 생각해보니, 저 아이들처럼 학생일 때는 생일을 뭔가 특별한 날처럼 챙겼던 것 같다. 학창시절에 누가 생일을 맞으면 친구들이 돈을 모아 케이크를 준비하고 점심시간이 되면 숨겨둔 케이크를 꺼내 축하해줬다. 그리고 마치 당연한 의식처럼 생일 케이크를 서로의 얼굴에 묻혀가며 깔깔거리며 웃었다. 모두가 생일을 챙겨주니 그날만은 뭔가 특별한 내가 된 기분이었다. 생일 전날부터 기대되고 어떤 하루가 될지 궁금했다.

어른이 되어가면서 잃어가는 것 중 하나가 생일이다. 어른이 되면 특별해질 줄 알았지만 크게 다른 것이 없었다. 매일 똑같이 학교, 집 혹은 일, 집을 반복했다. 반복되는 삶에서 특별함은 없다는 것을 알게 된 순간부터 생일을 생각하지 않게 된 것 같다. 생일이라고 유난 떠는 것보다 당장 코앞의 시험이나 해야 할 일을 하는 것이 우선이었다. 막상 그리 열심히 하지는 않았지만 생일 같은 사소한 일은 뒷전으로 밀려났다. 그러니 큰 기대가 없는 것도 당연하다.

생일을 챙기지 않았다고 해도 혹여 누군가에게 생일 축하 메시지가 오지는 않을지 궁금해하며 아침에 눈을 뜨곤 했다. 1년 동안 연락 한 번 서로 하지 않던 친구에게서 생일 축하한다고 갑자기 연락이 오는 것도 좋았다. 다른 364일과 같은 하루라고 생각하면서도 내심 생일에 특별해지고 싶은 마음이 있었던 걸까?

평범한 일상에서 평범하지 않은 단 하루이기 때문이다. 쳇바퀴 같은 삶을 살아도, 남들과 똑같은 삶을 살아도, 생일은 365일 중 단 하루, 나에게만 특별한 날이다. 남들에게는 평범한 하루라도 나에게는 새로운 세상이 열린다. 남의 생일에 생일 축하한다고 한 적은 있어도 내 생일에 나에게 생일을 축하한다고 한 적이 있었나 싶다. 남의 생일에는 남을 축하하고, 내 생일에는 남의 축하를 기다린다. 정작 1년을 살아오면서 고생한 스스로에 대한 생일 축하는 하지 않았다.

춤을 끝낸 아이들이 손을 놓지 않고 나왔던 골목 속으로 사라졌다. 맥주는 뜨거운 햇빛에 벌써 미지근해졌다. 나는 지난 1년 동안 고생한 나를 축하하기 위해 맥주 한 잔을 더 주문했다. 공연을 보느라 미지근해진 맥주와 다르게 다시 한 번 시원한 맥주가 입 안에서 터졌다. 작년부터 올해를 돌이켜보니 힘든 날도 있었고 재밌던 일들도 있었다. 지난 몇 년 힘들다며 여행으로 도망친 날도 많았다. 하지만 오늘은 생일이니 도망칠 수 있었던 용기를 축하했다. 함께 잔을 부딪쳐줄 사람이 없더라도 혼자 잔을 높게 들어 태양과 건배를 나누고 입으로 시원한 맥주를 가져갔다.

20. 오래된 사진

여행을 가면 언제나 사진을 찍는다. '남는 건 사진'이라고 하지 않는가. 풍경도 찍고, 찰나의 순간도 찍는다. 현지인은 무덤덤하게 지나치는 간판이나 소품도 여행자인 내게는 훌륭한 피사체가 되어준다. 흔한 장면들도 사진에 담기면 지나간 추억이 아닌 순간의 감정이 되어 저장되기 때문이다.

사진을 찍어도 당장은 거의 보지 않는다. 다시 꺼내 보는 건 먼 훗날이다. 여행의 여운이 사라지면서 현실에 지칠 때쯤 다시 보게 된다. 여행에서 적은 일기만큼 사진들도 많아지고 클라우드 속 용량 역시 점점 커져간다.

지난 사진이 보고 싶어졌다. 오랜 추억이 그리운 건지 과거 속으로 들어가 지금의 불안한 나를 잊고 싶은 건지 모르지만, 가끔 이렇게 지난 흔적을 다시 보고 싶을 때가 있다. 수많은 여행 속 내 모습을 다시 보며 그때의 그리운 순간들을 매만진다.

여행 사진 말고도 다양한 사진들이 있다. 친구들과 거리에서 놀던 모습이 꽤 많다. 오랜만에 만난 사진 안에는 어설픈 청춘들이 담겨 있다. 나뿐만 아니라 친구들 모두가 지금보다 마르고 어린 모습이다. 갈 곳이 없으니 매일 같은 장소에 있는 우리였지만 뭐가 그리 신났는지 다들 웃고만 있다. 매일 만나는 것이 당연했던 시절인데 휴대폰으로 찍어두어 다행이다.

몇 년 만에 보는 사진인지 모르겠다. 어린 내 모습이 낯설지만 낯익다. 멀리 숨어 있는 사진들인줄 알았지만 매일 접속하는 아이디 속 클라우드에 고스란히 남아 있다. 클라우드 속 사진들은 아날로그 앨범과는 다른 기분을 자아낸다. 앨범이 정제된 사진이라면 컴퓨터나 클라우드 속 사진들은 날것 그대로의 사진이다.

10년보다 더 전에 찍은 앨범 속 사진들은 디지털로 찍었든 필름으로 찍었든 인화를 해서 앨범으로 만들어야 간직할 수 있었다. 때문에 잘 나온 사진들만 앨범 안으로 들어갈 수 있었다. 우연히 찍어 초점이 흐린 사진들보다는 사진 찍는다는 걸 확실히 알고 포즈를 취한 사진들만 골라낸 것이다. 그래서 그런지 순간을 찍은 사진들보다는 어색하고 굳은 모습들이 사진에 남아 있다. 안타깝게도 이 시절 사진들은 언제 사진을 찍었는지 기억도 나지 않는다. 빛바랜 아날로그 사진들에 담긴 유년기의 추억 역시 사진처럼 기억이 나지 않는 경우가 대부분이다.

디지털 시대의 사진들은 불과 10년 전인 까닭에 대부분 기억이

난다. 얼마 지나지 않은 시절인 덕분이다. 정확히는 휴대폰 카메라의 시대라고 해야 하나 싶다. 디지털 카메라든 필름 카메라든 어쨌든 인화를 해서 보관하던 시절과 다르게 휴대폰과 카메라가 결합된 이후부터 인화된 사진은 아예 사라지거나 컴퓨터로 옮겨왔다. 스마트폰으로 찍은 사진들은 컴퓨터로 옮길 필요도 없이 클라우드에 저장하기만 하면 된다.

이런 사진들이 더 잘 기억나는 건 시간이 많이 지나지 않아서이기도 하지만 또 다른 이유가 있다. 바로 순간을 찍을 수 있기 때문이다. 인화보다 저장이 익숙해지면서 어떤 순간이든 일단 찍어두는 경우가 많아졌다. 초점이 나가도, 의미 없는 순간도 일단 찍어둔 사진은 지우지 않는다. 지울 필요가 없다는 것은 추억을 골라내지 않아도 된다는 의미다. 덕분에 아무것도 하지 않고 웃고 떠들고 있는 모습들이 모두 그대로 남아 있다.

지난 순간의 나는 흐릿한 초점이라도 웃는 모습이다. 사진은 기분 좋은 순간을 간직하기 위해 찍기 때문이다. 슬프거나 억울하거나 화가 난다고 사진을 찍는 경우는 거의 없다. 그러니 지나간 흔적 속 나는 언제나 웃고 있다. 사진을 보고 떠오르는 기억들도 웃는 기억밖에 없다. 나만 웃는 건 아니다. 가족도, 친구들도, 이젠 더 이상 볼 수 없는 사람들도 사진 속에서는 행복한 모습이다.

추억 보정이라는 말이 괜히 있는 건 아니다. 과거의 기억들은 언제나 좋게 기억된다는 말이다. 힘든 수험생활을 하던 기억도 되돌아보면 즐거운 추억뿐이고, 어려운 군생활도 웃었던 기억, 재밌는 기억뿐이다. 여행 사진 역시 슬프거나 우울하거나 초라한 모습의 나는 드물다. 여행 속 내 모습은 언제나 멋진 풍경 혹은 아름다운 추억 속 모습뿐이다.

우울하고 힘들지라도 사진을 찍는 순간만큼은 웃고 있다. 당연히 그 순간에도 고민과 고통과 어려움이 있었을 테지만 수년이 지나고 사진을 다시 보면 그런 흔적은 사라져 있다. 그때는 그때만의 고민이 있지만 지금은 지금의 고민이 있기 때문이다. 그러면서 아이러니하게 지금의 고민이 없는 그때를 그리워한다. 사진 속 나와 우리의 모습 속에 고민은 이미 휘발되어 날아가버렸다. 그리고 사진에 남긴 기쁜 순간만 기억하며 그리워한다.

오늘은 날이 좋아서 그냥 돌아다니면서 의미 없이 웃고 있는 모습을 찍어봤다. 세월이 흐른 뒤 다시 이 사진을 보면 지금의 고민은 사라지고 행복해하는 모습만 사진에 담겨 있을 것이다.

21. 소심해서 포기하는 여행

　나는 정말 소심하다. A형, 왜소한 몸, 작은 목소리 등 소심한 사람을 묘사하는 말들에 대부분 해당한다고 보면 된다. 영화에 등장하는 캐릭터라고 하면 <라이언 일병 구하기>에서는 업햄이었을 것이고, <해리포터와 마법사의 돌>에서는 네빌이었을 것이며, <말죽거리 잔혹사>에서는 권상우, 아 이건 아니다. 아무튼 부끄럼을 많이 타고 겁이 많다.

　이런 성격으로 살아가기가 쉽지만은 않다. 무슨 일을 나서서 하기도 힘들고, 낯선 사람에게 말 건네는 것도 예삿일이 아니다. 어색한 공기는 시베리아의 냉기보다 참기 힘들다. 모르는 누군가와 한 방에 단 둘이 있다면 미칠 것 같아 오히려 아무 말이나 꺼내는 '멘붕' 상태에 빠지게 된다. 특히 남들이 나를 어떻게 볼지 걱정해 언제나 전전긍긍한다. 내 말이 별로였는지 눈치를 보고, 상대가 아무 말이 없으면 혹시 내가 뭘 잘못했는지 혼자 속앓이를 한다.

　안타깝게도 세상은 이런 소심한 사람에게 관대하지 않다. 말 그대로 먹고살기 위해 긍정적이고 쾌활한 척 포장하지만 내면의 소심함으로 언제나 숨가쁘다. 그런데 이런 태생적 성격으로 인한 어쩔 수 없는 슬픔이 있다. 소심하다고 자기소개서에 쓴다고 해서 솔직해서 좋다며 뽑아줄 기업도 없고, 영업 상대를 만나서 "저는 소심하니 먼저 제안해주시고 말도 많이 해주세요"라고 할 수도 없는 노릇이다. 노력해서 쉽게 바꿀 수 있다면 이런 고민도 하지 않을 것이다. 언제나 맞지 않는 옷을 입어 불편한 기분으로 살아간다.

소심하면 여행의 폭도 좁아진다. 여행 중에 하고 싶은 일이 있어도 남의 눈치를 보거나, 남들과 함께해야 한다는 부담감 때문에 포기한 것이 많다. 혼자 두브로브니크의 아름다운 바다에 있을 때 하늘보다 파란 바다 위에 떠 있는 카약을 봤다. 바로 앞에 카약 대여소가 있었지만 사람들의 이목을 끌까봐 포기했다. 아무도 나에게 관심이 없지만, 누군가 나 혼자 바다 위에 덩그러니 있는 모습을 보면 비웃을 것 같았기 때문이다. 누구도 그렇게 생각하지 않는다는 것을 알고는 있지만 왠지 창피하다.

동행도 쉽지 않다. 상대가 나를 잘 챙겨주고 적극적으로 다가오지 않는 이상 내가 먼저 함께 다니자는 말을 꺼내지 못한다. 동행이라고 특별할 것도 없다. 단순히 식당이나 박물관을 같이 간다거나 혼자 하기 힘든 일을 같이 하는 여행 방식이지만, 내가 혹시나

저 사람의 심기를 건드리지는 않을까, 내가 재미없어서 이 동행이 망했다고 생각하지 않을까 생각하며 마음고생을 한다. 이외에도 소심함 때문에 포기한 여행을 열거하자면 끝이 없다.

다행이라고 해야 할지 모르겠지만, 여행에는 정답이 없다. 소심한 성격 때문에 나는 나에게 맞는 나만의 여행을 하게 되었다. 여행 루트가 같아도 그 안에서 느끼는 다양한 감정의 변화는 사람마다 다르다. 내가 주체가 되어 떠난 여행은 나의 여행이 되며 나만이 느끼는 감정의 여행이 된다. 그리고 소심함으로 포기한 것이 많은 만큼 나 혼자만이 가질 수 있는 시간이 있다.

다만 여행이 끝난 뒤에 느껴지는 찝찝함은 어쩔 수가 없다. 다시는 못 갈 수도 있는데 눈치 보지 않고 용기를 한번 내볼 걸 하는 아쉬움이다. 여행을 가기 위해 돈, 시간, 그리고 운까지 투자해놓고 막상 가서 하고 싶은 것들을 포기했으니 애석한 마음이 생긴다. 아쉬움이 남으니 찝찝하다. 이런 찝찝한 감정이 드는 건 미련이 있다는 것이다. 여행이 끝나고 이런 기분이 남으면 여행지에 대한 그리움으로 또다시 같은 곳에 방문하는 계기가 되기도 하지만, 성격으로 인해 포기한 것들을 다시 방문한다고 할 수 있을지는 의문이다.

여행뿐만이 아니다. 살아가면서도 소심한 성격 탓에 생기는 아쉬움과 찝찝함이 있다. 할까 말까 고민하다 포기한 일들이 시간이 흐르고 "할 걸"이라는 탄식으로 나오면 얼마나 안타까운지. 가끔 잠자리에서 그런 후회되는 일들이 머릿속에 떠오르면 그날 밤은 한숨으로 지새우게 된다.

　이런 날들이 반복되다 보니 소심한 성격은 일종의 방어기제가 되어 스스로를 더 단단한 알 속에 가뒀다. 하기 싫은 일이 있어도 나는 소심하니까, 해야 하는 일을 하지 못해도 나는 소심하니까 하며 성격 탓으로 넘겼다. 분명 더 나아갈 수 있는 방향이 있음에도 성격 탓으로 돌려버리고 포기했다. 결국 소심하기 때문에 놓쳐버린 결말들이 너무나도 많아지고, 또 한숨으로 밤을 지새운다. 더 열심히 해볼 걸, 더 공부해볼 걸, 더 사랑한다고 말할 걸……. 미련만 남고 아쉬운 짓들을 많이 했다. 미련만 남은 미련한 곰이다.

22. 174만 원이 사라졌다

　여행 도중에 카드가 사라졌다. 카드를 통해 174만 원이 사라져버렸다. 러시아 상트페테르부르크를 여행하면서 어디선가 카드를 흘린 것 같다. 아니면 소매치기를 당했는지도 모른다. 어떻게 된 일인지 모르겠지만 카드와 돈이 사라졌다는 사실만은 확실했다.

　카드가 사라진 것을 알고 나서 카드 잔액과 인출 시간을 확인했다. 174만 원이 펫샵이라는 이름으로 인출되었다. 러시아 루블로 환전하니 정확히 10만 루블이다. 러시아까지 여행 와서 200만 원에 가까운 애견용품 쇼핑을 한 셈이다.

　카드가 사라졌다는 사실을 막 알게 되었을 때만 해도 그래도 아직 사용하지는 않았겠지, 정지하면 괜찮겠지 생각했다. 하지만 불길한 예감은 틀리지 않는 법. 174만 원이면 한 달 넘게 일해서 내 수중에 들어오는 돈과 비슷했다. 가난한 여행자에겐 경비의 절반이었다. 부랴부랴 카드를 정지하고 나니 몸에서 힘이 빠졌다. 게스트하우스 구석에 앉아 정신이 나간 채 멍하니 있었다.

(은행원의 말로는 카드 정지는 언제나 가능하지만, 해외 카드 부정 사용은 사건 발생 후 3개월 이내에 한국에서 직접 신청해야 한다. 여행자보험을 들어도 카드에 들어 있는 돈은 현금과 마찬가지이기 때문에 도움을 줄 방법이 없다고 한다. 한국에서 카드 부정 사용에 대한 신고를 접수하면 사건 조사를 하고 귀책사유가 나에게 없다면 돈을 돌려준다고 한다.)

수많은 생각이 머릿속을 휘감았다. 왜 하필 오늘따라 여행지에서 지갑에 대한 경계를 늦췄는지에 대한 후회, 경찰서에 가서 무얼 어떻게 해야 할지에 대한 두려움, 피와 땀으로 모은 돈이 사라진 데 대한 한탄. 그중 가장 마음에 걸리는 건 남은 돈으로 여행을 무사히 마무리할 수 있을지에 대한 걱정이었다. 수중에 남은 돈은 다른 카드에 들어 있던 200만 원과 현금 40만 원이 전부였다. 물가가 저렴한 동유럽 위주로만 여행을 계획했기 때문에 허리띠만 졸라맨다면 여행을 계속할 수는 있을 것이다.

카드 부정 사용을 한국에서 신고하려면 우선 러시아 경찰서에 신고하고 접수증을 받아야 했다. 정신이 반쯤 나갔지만 두려움을 참고 경찰서로 향했다. 구름 한 점 없던 러시아의 푸른 하늘이 오늘따라 얄미웠다. 왜 나에게만 이런 일이 벌어질까. '왜 나만'이라는 생각은 무섭게도 기억의 파동을 불러왔다. 기억 저편으로 묻어두었던 썩 기분 좋지 않은 기억들도 떠올랐다. 행복했던 기억들이 비슷한 기억들을 떠올리게 하는 것처럼, 부정적인 생각은 나를 우울하게 할 온갖 생각들을 물고 왔다.

복잡한 생각들과 함께 경찰서에 도착했다. 사고 진정을 시도했지만, 자신들이 담당하는 구역이 아니라는 이유로 신청은 받아들여지지 않았다. 아무런 소득 없이 경찰서를 나와 멍하니 보도블록에 앉았다.

하늘이 이토록이나 파란데 내가 할 수 있는 것은 없었다. 낯선 도시의 우울한 외지인일 뿐이었다. 여기 앉아 있는다고 사라진 돈이 다시 생기는 것도 아니고 없어진 카드가 돌아오는 것도 아니었다. 속이 쓰리지만 일어나서 천천히 걷기 시작했다. 걷다 보니 하늘 높이 뻗은 기둥이 나타났다. 성 이삭 성당이었다.

언제까지 우울해하기만 할 수는 없었다. 여행해야 할 시간이 아직 많이 남아 있었다. 우울함에 시간을 도둑맞으면 안 된다. 나에게는 아직 긴 여행 일정이 남았고, 보고 듣고 맛볼 세계가 남아 있었다. 내 삶에서 내가 해결할 수 없는 걱정에 휩싸이지 말아야 한다. 문제가 생겼지만 내가 지금 당장 해결할 수 있는 문제도 아니었고, 고민한다고 풀 수 있는 문제도 아니었다. 우선은 여기서 즐길 수 있는 것들을 즐기고 한국으로 돌아가서 처리하면 된다. 걱정과 문제 해결은 여행 이후에 하면 되는 것이다. 그나마 모든 돈이 사라지지 않고 여행을 할 수 있다는 점은 다행이었다.

성 이삭 성당 안으로 들어갔다. 성당 내부의 거대한 기둥 아래에 앉아 성당을 둘러보았다. 러시아에서 겪은 모든 일들이 머릿속에서 지나갔다. 처음 공항에 내렸을 때의 설렘, 사진으로만 보던 명소에 도착한 희열, 도시의 아름다움, 그리고 도둑맞은 카드와 돈. 여행의 희로애락이 모두 천천히 재생되었다. 삶이 파도와 같다면 지금 큰 파도 하나가 덮쳐온 듯했다. 큰 파도가 덮쳐 배가 흔들렸지만 지금은 다시 잠잠하다. 언제 또다시 파도가 올지는 아무도 모르지만 잔잔한 바다라면 지금의 푸른 하늘을 즐기는 것이 파도를 걱정하는 것보다 훨씬 기분 좋은 일이다.

성당 한편에 마련된 양초 하나에 불을 붙이고 촛대 위에 올려두었다. 앞으로 어떤 파도가 올지 모르지만 그 파도가 덮쳐오기 전까지 남은 여행을 즐기겠다는 다짐을 위한 촛불이었다.

모든 일이 끝났다고 생각하니 피로가 몰려왔다. 숙소로 돌아갔다. 침대에 눕자마자 바로 곯아떨어졌다. 오늘 하루 받은 스트레스가 이제야 몸에서 터졌다. 잃어버린 돈에 속이 쓰린 건 어쩔 수 없었다. 짧은 잠을 자고 일어나니 벌써 저녁이다. 사라진 돈을 걱정하며 침대에만 누워 있을 수 없으니 다시 도시를 구경하기 위해 밖으로 나섰다.

23. 너무도 느린 내가
앞으로 나아갈 수 있는 방법

그런 사람이 있다. 무슨 일을 하든 성공할 것만 같은 사람. 인도 바라나시에서 만났던 그녀가 그랬다. 그녀는 나와 나이는 비슷해도 걸어온 길은 너무나도 달랐다. 각종 자격증에 다양한 취미도 섭렵했으며, 남들이 가고 싶어도 못 가는 대기업을 자신과 맞지 않다고 과감하게 퇴사한 사람이었다. 그러고는 훌쩍 여행을 떠나 인도까지 오게 되었다. 가장 놀라운 것은 그녀는 무엇이든 시도하면 성공하는 사람이었다는 점이다. 공부면 공부, 연애면 연애, 취미면 취미. 그녀의 도전은 성공이 당연해 보이는 길이었다.

멋있어 보였다. 벌써 삶에서 이룬 성과가 가시적으로 보였다. 그 성과가 그냥 운 좋게 이루어진 것도 아니었다. 원하는 것이 있으면 절대 노력을 멈추지 않았다. 흔히들 말하는 하루를 25시간 사는 사람으로 느껴졌다. 완벽해 보이는 그녀와 대화를 계속할수록 내 자신은 점점 더 초라해 보였다.

어느 순간부터 나는 한국이 나를 위한 나라가 아니라는 생각이

들었다. 꾸준한 노력 없이 중간에 멈춰서면 영원히 도태되어버리는 사회로 느껴졌다. '붉은 여왕 효과'라는 말이 있다. 『이상한 나라의 앨리스』에 나온 역설적인 현상을 의미한다. 앨리스는 이상한 나라에서 계속 뛰어가고 있음에도 다른 장소로 이동하지 못해 의문을 갖는다. 그러자 붉은 여왕이 "너는 참 느린 나라에 사는구나. 이 공간에서는 같은 공간에 있으려면 뛰어야 해. 다른 곳으로 가려면 두 배로 뛰어야 하지"라고 말한다. 모든 것이 빨리 변해가고 있기 때문에 어느 정도 노력했다고 생각해도 제자리인 현상이다. 모두가 노력하고 변화하고 있기에 더 많은 노력이 있어야 앞으로 나아갈 수 있다는 것이다.

나를 제외하고는 다들 끊임없는 노력으로 원하는 것을 얻고 동시에 자신이 소중하게 여기는 가치조차 놓치지 않는 사람들로 느껴졌다. 붉은 여왕의 나라에서 모두 뛰고 있는데 나만 천천히 걸어가고 있다고 생각했다. 열심히 살지 않는 나는 사회에서 뒤처진 사람이었다. 자격지심일 수도 있었다. 남들만큼 열심히 살지 않은 나의 자격지심. 가끔은 나도 열심히 살지 않았나 생각해보지만 그녀와 같은 사람들과 비교한다면 전혀 아니었다. 노력을 하지 않았다고 하기에는 뭔가 시도는 했지만, 자신감 있게 노력했다고 말하기엔 부끄러운 정도일 뿐이었다. 여왕의 나라에서 나는 뛰는 인간도, 멈춘 인간도 아닌 기어가는 인간이었다. 앞으로 가기 위한 시간과 에너지는 허비하지만, 나아가지 못하고 뒤로 점점 밀려나고 있는…….

노력하는 자가 성공하는 것은 당연하다. 그리고 노력하지 않는 사람이 노력하는 사람보다 더 잘되는 것도 이치에 맞지 않는다. 헌데 나만 뒤처진다는 암울한 생각에 앞서 저들은 어떻게 멈추지 않고 계속 뛰어갈 수 있는지가 궁금했다. 성인이 되고 난 이후에는 노력하기 위한 집중력이 더욱 없어진 기분이었다. 무언가 하려고 해도 유튜브나 인터넷에 빠져 하루를 허비하기 일쑤였다. 그렇게 아무것도 안 하고 하루가 지나가면 절망감만이 가득했다. 나는 완벽하지 않은 사람이었고, 사회라는 궤도에서 도태되어 점점 침몰하는 이 느낌을 지울 수 없었다.

그럼에도 지쳐갔다. 아무것도 하지 않은 하루를 살아도 지쳤다. 방전된 배터리처럼 멍한 기분이었다. 노력도 하지 않았으면서 괜찮다는 말을 듣고 싶은 하루들이 반복되었다. 남들이 "괜찮다"라고 해도 별 감흥이 없었다. 성공한 친구들이 괜찮다는 말을 해도 무덤덤했고, 부모님이 아직 괜찮다고 하셔도 귀에 들어오지 않았다. 혹은 나와 같은 입장의 사람들에게 위로를 들어도 공감되지 않았다. 미래에 대한 희망은 보이지 않고, 불안감만 커졌기 때문이었다. 심지어는 내가 살아온 인생 전체에 대한 의구심이 들기까지 했다. 사람들이 점을 보는 이유도 이해가 되었다. 인생의 풍파를 견디고 '언젠가' 좋아진다면, 그게 '언제'인지 안다면 그때까지 버티고 싶었다.

하지만 결국 해결책은 단 하나밖에 없었다. 이런 푸념과 한탄 섞인 말을 할 시간에 스스로 노력해서 성공하면 된다. 백 명 중 한 명이 통과하는 시험이나 취업문이 있다면 그 한 명이 되면 된다. 스스로 자신의 가치를 높이면 되는 일이다. 문제는 "어떻게"이다.

매일 휴대폰만 보다가 하루가 지날 때쯤 한탄만 하는 인생인데 당장 내일부터라도, 아니 지금부터라도 열심히 살아야겠다 마음을 먹는다고 될 리가 없었다. 노력에 대한 동기부여가 없었다. 절박함이 노력의 원동력이라고 생각했지만, 나에게 절박함은 오히려 포기를 불러왔다. 그보다 내가 필요한 것은 성공의 전율, 성취감이다.

생각해보면 지난 수년 동안 성취감을 느낄 만한 경험이 드물었다. 아니, 인생을 곱씹어보더라도 어마어마한 성취감으로 카타르시스를 경험해보지는 못한 듯했다. 대학교도 목표 삼았던 대학에 들어가지 못했으며, 회사도 원하는 곳에는 지원서조차 내기 두려워 피했다. 연애도 이렇다 할 성공이 없었다.

하지만 나와 다르게 성공을 경험한 많은 사람들의 원동력은 성취감이었다. 성취감은 노력의 끝에 있는 보상이다. 노력으로 한번 성공을 경험하면 성취감으로 끝나는 것이 아니라 자신감이 생긴다. 난 뭘 해도 할 수 있다는 자신감. 거대한 기계장치가 만들어지고 처음 움직일 때는 큰 에너지가 필요하지만 그 큰 톱니바퀴가 일단 구르기 시작하면 점점 수월하게 움직이듯, 자신감은 새로운 도전을 하는 사람에게 힘을 준다.

혹여 새로운 도전이 생각보다 쉽지 않다 해도, 성공을 경험해본 사람은 목적지, 곧 노력의 끝을 알고 있다. 나는 성공을 위한 노력의 끝이 있는지조차 몰랐고, 언제 이 힘든 고난이 끝나는지 알지도 못했다. 때문에 언제나 이 방법이 맞는지, 혹은 이 길이 틀리지는 않았는지 헷갈리고 불안해하다 포기하기 일쑤였다. 이에 반해, 이런 성취감을 한번이라도 맛본 사람은 노력의 끝에 있는 보상을 알고 있기에 당장 한 걸음이라도 더 걸을 원동력을 얻는다. 벽을 뛰어넘는 성취감은 중독적으로 다음 성공을 요구하고, 그 요구에 응답하기 위해 또다시 노력하게 된다.

성취감을 전혀 느껴보지 못한 나는 그럼 어떻게 나아가야 할까. 붉은 여왕의 나라에서 탈출하지 못해 뒤로 밀려나고 있는 내게 필요한 것은 결국 위로다. 진심이든 겉치레든 남이 주는 위로가 아닌, 내가 나에게 주는 위로가 필요하다.

나의 삶에 대한 평가는 결국 내가 한다. 그동안 낭비해버린 하루에 대한 자괴감으로 살아온 삶에 평가도 결국 내가 한다. 그러니 내가 나를 용서해야 한다. 남들은 어차피 큰 위로를 주지 못한다.

공허한 위로일 뿐, 어쭙잖은 충고나 안 하면 다행이다.

　그러니 우선 그동안 늪지대 같은 하루에 빠져 하루하루를 살던 나를 위로해야 한다. 그리고 그다음에는 일어서봐야 한다. 어린아이들이 뒤집기를 하고, 엎드리고, 기어가고, 무언가 잡고 일어나듯이 나도 한 단계씩 움직여야 한다. 작은 목표, 하루를 성공적으로 살기 위한 목표부터 세워보고, 성취감이 대체 어떤 기분인지 느껴봐야 한다. 남들에게는 사소해 보일지 몰라도 나에게는 성취감을 느끼게 해주는 첫 단추이자 눈덩이이다. 시작은 작은 눈덩이일지라도 점차 굴리다 보면 커져갈 것이다. 그러니 거대한 목표의 성공을 생각하기 전에 우선 작은 목표부터 정해본다. 그렇게 성취를 이뤄나가다 보면 언젠가 삶이 조금은 빛나 보이지 않을까.

24. 외로움은 감정의 실타래처럼

체코 여행에서 프라하의 카를 교를 빠뜨릴 수는 없다. 프라하에서 그 어느 곳보다 활기가 넘치는 곳이며, 이곳에 가면 엄청난 인파를 만날 수 있다. 카를 교 아래에는 거울처럼 잔잔한 블타바 강이 흘러가고, 강을 따라 함께 흘러들어온 바람이 선선하게 콧잔등을 간지럽힌다. 강변에 융단처럼 깔린 푸른 나무 아래에 백조들이 평화롭게 졸고 있고, 다리 위에는 악사들의 연주가 로맨틱한 분위기를 고조시킨다. 다리에서 고개를 들면 저 멀리 프라하 성이 보인다. 첨탑이 뾰족한 프라하 성은 디즈니랜드 만화에 나올 법한 낭만적인 성이다. 그리고 수많은 커플이 다리 위에서 사랑을 속삭이고 있다. 이 모든 순간이 모여 세상 그 어떤 다리보다 로맨틱한 카를 교가 완성된다.

드라마 <프라하의 연인> 이후로 우리나라에서 프라하는 낭만적이고 로맨틱한 도시의 대명사가 되어 지금까지도 커플이나 신혼부부에게 큰 사랑을 받고 있다. 그 때문인지 카를 교를 거닐고 있자니 체코어와 맞먹을 만큼 한국어가 쉴 새 없이 귀를 때렸다. 해외여행을 하면서 이렇게 한국어가 많이 들린 적은 처음이었다. 한국어로 서로의 애칭을 부르는 그들을 보니 정말 행복해 보인다.

이런 멋진 도시에서 나 홀로 여행가는 불청객이다. 행복한 표정으로 사진을 찍는 커플 사이로 갑자기 튀어나와 인생샷을 망치기도 하고, 줄서서 기다려 들어가는 강변의 근사한 레스토랑 마지막 자리를 차지하기도 한다. 기다리는 커플에게도, 레스토랑 주인에게도 그다지 환영받지 못한다. 그리고 내가 바로 그 불청객이었다.

카를교를 혼자 건너고 있으니 갑자기 나 혼자 지금 이곳에서 무엇을 하고 있는 건가 하는 생각이 들었다. 여행하면서 외로움을 느낀 적은 가끔 있었지만, 알아들을 수 있는 모국어로 사랑을 나누는 사람들 사이에 있자니 그 감정이 더욱 커졌다. 이렇게 멋진 장소에서의 추억을 누군가와 나눌 수 없어 안타까웠고, 사랑스럽게 바라볼 상대가 없어 슬펐다. 이 도시의 수많은 사람들이 따뜻한 봄바람을 느끼고 있는데 나 혼자 찬바람이 흘러나오는 동굴 앞에 서 있는 기분이다.

이런 아름다운 광경을 함께할 사람이 없으니 외로워졌다. 마치 무인도에 혼자 떨어진 감정이다. 그동안 여행을 하는 나는 대부분 오늘처럼 로맨틱한 장소를 가도 혼자였고, 멋진 풍경을 보고 맛있는 음식을 먹어도 언제나 혼자였다. 홀로 떠난 이번 여행에서도 자유를 만끽하느라 외로울 틈이 없을 줄로만 알았다. 갑자기 찾아온 쓸쓸함은 예상하지 못했다.

재밌고 행복한 하루를 보내도 숙소에 들어와 침대에 누으면 외로움이 슬며시 다가왔다. 혼자 간직하는 경험보다 함께 나누는 경험이 더 풍부하게 기억되는 것 같다. 오늘 있던 일이 나 혼자만의 일기 속에만 저장되는 것이 안타깝기도 하고, 말을 하고 싶어도 상대가 없으니 더 슬퍼졌다. 이런 하소연을 들어줄 사람이 없어 괜히 휴대폰만 들락거렸다. 누군가에게 연락할까 생각하다가도 이내 그만두었다.

혼자 떠나는 여행을 선택한 사람은 다름 아닌 나 자신이다. 남들과 부대끼며 살아가는 삶에 피로감이 느껴졌기 때문이다. 그러면서 이제 와 외롭다고 말하니 아이러니하다. 사실 나 홀로 여행에서만 외로웠던 것은 아니다. 한국에서도 퇴근 후 혼자 어두운 방 안에서 맥주를 마시다 보면 문득 외로움이 찾아왔다.

생각해보면, 각각의 외로움이었고, 외롭다는 한마디가 사실은 서로 다른 의미를 가진 말들이었다. '외롭다'는 단어는 하나의 감정만 담기에는 너무 거대한 표현이다. 온기의 부재이기도 한 외로움일 수도 있고, 대화 상대의 부재에서 느껴지는 외로움일 수도 있다. 단순히 혼자 힘들기 때문일 수도 있다.

친구들과 헤어지고 집으로 가는 지하철에서 창문에 비친 내 모

습을 볼 때 가슴 한쪽이 시큰해지면서 외롭다. 집으로 걸어 들어
가는 길에 주황빛 하늘이 파란색을 만나 어지러울 때도 외로워 한
숨이 나온다. 혼자만의 시간이 필요해 혼자 있어도 문득 외롭다.
고독하거나, 공허하거나, 삶이 허무하게 느껴지거나, 만사가 무의
미하게 보이거나, 아무런 생각이 들지 않을 때도, 이런 각각의 섬
세한 감정들이 서로 다른 의미를 지니고 있음에도 우리는 뭉뚱그
려 '외롭다'라고 해버린다. 외롭다, 이 한마디로 툭 던져버리기에
는 너무 안타까운 감정들이다.

　외롭다는 건 비었다는 것이다. 이런 채워지지 않은 내 감정에 솔
직해지지 못해 외롭다는 말로 뭉뚱그려 표현하는 게 아닐까 싶다.
외롭다는 이유로 연인을 갑자기 만든다 해도 외로움이 없어지지
는 않는다. 그건 쓸쓸해서 만든 관계이기 때문이다. 같은 이유로
남자친구를 만난 후배는 "외로우니까 만나지 지금 남자친구를 사
랑한다고 말할 수는 없을 것 같아요"라며 자기감정을 슬며시 숨겼
다. 혼자 작은 고시원에서 공부할 때도 외롭다는 생각을 했지만,
그건 외로움이 아니라 힘들어서 나온 탄식이었다. 혼자 있어서 외
로운 것이 아니라 내가 선택한 길이 옳은 길인지 몰라 힘든 것을
외롭다는 말로 숨겼다. 내 안에 채워지지 않은 공간이 부끄러워
외롭다는 한마디로 덮어버린 것인지도 모른다.

　외롭다는 말은 감정의 실타래다. 부정적으로 느껴지는 감정들이

한데 엉켜 외롭다는 한 단어로 나온다. 엉망으로 묶여버린 실은 하나씩 풀어야 하는데, 감정을 칼로 잘라버리듯 외로움의 해결을 연인을 만드는 것으로, 혹은 누군가와 만나 노는 것으로 해결하려 한다면 결국 감정은 다시 스멀거리며 올라온다.

헤어진 연인인지, 나를 이해해주는 사람인지, 대화 상대인지 모르겠지만 나에게 무언가 없기 때문에 이 외로움이 생겼다. 외로움이라는 단어만으로 표현하기 복잡한 감정들이 뒤엉켜 오늘 카를교에서 외롭다는 한탄으로 터지게 되었다. 결국 오늘의 외로움에 대한 원인은 찾지 않고 덮는 길을 택했다. 커플들을 피해 카를교가 보이지 않는 구시가지 안의 카페로 이동해 숨어버렸다.

25. 의심은 공포에서부터 나온다

"행복한 가정은 모두 비슷한 이유로 행복하지만, 불행한 가정은 저마다의 이유로 불행하다."

책과 거리가 먼 사람이라도 한 번쯤 들어봤을 문구이다. 작가들이 가장 사랑하는 작가 톨스토이의 『안나 카레니나』 첫 문장이다. 도스토옙스키와 더불어 러시아 근현대문학의 최고봉이라 불리는 톨스토이는 『안나 카레니나』를 비롯해 『전쟁과 평화』, 『부활』, 그리고 단편 「사람은 무엇으로 사는가」와 같은 위대한 작품들을 쓴 대문호이다.

톨스토이는 『안나 카레니나』에서 겹겹으로 쌓아올린 인간의 감정이 어떻게 파멸에 이르게 되는지를 거대한 서사를 통해 보여준다. 『전쟁과 평화』, 『부활』 등 그의 다른 작품들도 인간이 얼마나 쉽게 감정에 휘둘리는지, 의식에서 비롯된 심적, 육체적 변화가 어떻게 인간에게 영향을 행사하는지를 들려준다.

모스크바에는 톨스토이가 1882년부터 1901년까지 살던 저택이 있다. 지금은 건물을 개조해 박물관으로 사용하고 있다. 노란 벽돌로 지어진 톨스토이 박물관은 생각보다 아담했다. 러시아를 대표하는 작가인 만큼 으리으리하지는 않아도 제법 규모가 클 거라 예상했었다. 박물관 안으로 들어가니 톨스토이의 가계도부터 이 집에 살던 사람들이 남긴 생활의 흔적들이 그대로 남아 있다. 러시아어로 되어 있어 제대로 이해하지 못해 아쉽다. 그가 직접 쓴 필기도구와 원고, 손때가 묻은 펜이 전시되어 있지만 번역기로 겨우 알아보며 지레짐작할 뿐이다.

다만 톨스토이가 살던 이 공간에 지금 내가 있다는 사실 하나만으로도 흥분되었다. 내가 그의 소설 속 등장인물이라면 이 묘한 감정을 매스로 도려내듯 정확하게 묘사할 수 있을 텐데 그러지 못해 안타까웠다. 그냥 "좋다"라는 말로 이 기분을 표현하는 수밖에.

톨스토이는 인간의 보편적 감정을 너무나도 예리한 방법으로 표현하고 있다. 그리고 그 감정에는 숨김이 없다.『안나 카레니나』에도 누구나 인정하는 인간의 여러 감정들이 들어가 있다. 우리가 느끼면서도 차마 드러내지 못하는 감정 또한 다양한 시선에서 펼쳐진다. 질투, 동정, 잊고 지내던 사랑의 감정, 애매한 안타까움 등 말 못 할 감정들이다. 소설 속에서 안나는 보편적인 감정으로서의 사랑을 보편적이지 않은 사랑의 방식으로 보여준다. 다시 말해, 소설은 사랑에 대해 불륜 이야기를 말한다.

대학시절 문학 강의 시간에 교수님이 말씀하셨다. "'사랑의 플롯'의 주인공들은 행복한 사랑의 결실을 맺는 경우가 많은 반면, '금지된 사랑의 플롯'의 주인공들은 결말에 이르면 제도와 상식 속에 심판을 받으며 비극적 운명을 맞는 경우가 많다."

사랑의 플롯에서는 두 주인공이 어떻게 사랑을 꽃피울 것인가에 초점이 있다. 그리고 작가는 그 사랑을 실현하려는 주인공들에게 어떤 시련을 줄 것인가를 고민한다. 하지만 금지된 사랑의 플롯에서는 불륜이나 근친 같은 사회적 금기가 이미 사랑의 장애물로 사랑을 방해하고 있다.

사랑은 믿음을 바탕으로 자라나는 감정이다. 이에 대해 불륜은 그 믿음을 흔들어버림으로써 과거에도 현대에도 죄악으로 여겨진다. 그럼에도 이 '금단의 사랑'은 수많은 이야기를 통해 재생산되었다. 수천 년 동안 이어져온 이 주제는 지금까지도 스테디셀러다. 몸에 좋은 약이 쓰듯, 해로운 사랑일수록 달콤해 보인다. 하지만 사회적 금기라는 사랑의 장애물은 연인에게 끊임없는 시련을 준다. 사랑은 담금질을 통해 강해진다고 하지만, 연인에게 향하는 다양한 압박들은 결국 서로를 지치게 한다. 사랑이 주는 가혹한 고난이 사랑으로 얻는 행복보다 더 아름다운 것인지 스스로 의심이 되는 것이다. 그 의심의 화살은 결국 상대에게로 향하기 마련이다.

금지된 사랑의 플롯의 주인공들은 결말에 가까워지면서 제도와 상식이라는 판사 앞에서 지속적으로 심판을 받아 피폐해져간다. 비극적 운명이다. 『안나 카레리나』의 안나 역시 이 비극적인 플롯에서 벗어나지 못한다. 불륜을 들키고 나서부터 안나에게도 시련이 찾아왔다. 사교계에서 매장당하고, 불륜 상대인 브론스키가 자살을 시도하기도 한다. 가족들에게는 손가락질을 당해야 했다. 게다가 체면을 중시하던 남편이 이혼을 해주지 않아 이도 저도 아닌 상태에 놓인 안나는 결국 감정적으로 변화를 겪는다.

끊임없는 사회적, 도덕적 질책과 시험이 반복되자 안나와 브론스키 사이에도 갈등이 쌓이게 된다. 안나는 사랑이 식은 브론스키를 질책하고, 브론스키는 유부녀 안나가 미혼이었던 자신까지 파멸시켰다는 원망에 사로잡힌다. 사소한 행동이 의심을 받고, 단순한 의심들이 반복된다. 의심의 시작은 단순했으나 끝없는 집착과 신경질적인 모습이 반복되면서 둘 사이의 간극은 좁혀지지 않는다. 결국 불륜 커플은 크게 싸우고, 브론스키는 문을 박차고 나간다.

안나의 의심은 이제 브론스키에게 다른 사람이 생겼다고 단정하는 단계까지 오고야 만다. 실체 없던 의심이 안나의 머릿속에서 구체화된다. 그리고 결국 스스로 만들어낸 의심에 사로잡혀 자살하고 만다. 불륜이라는 금단의 열매를 먹어버린 안나와 브론스키는 사회적, 도덕적 질책이라는 허들을 넘지 못하고 서로를 의심하고 증오한다.

의심은 공포심에서 나온다. 애인이 의심되는 것은 배신에 대한 공포 때문이다. 마음의 상처로부터 나를 지키기 위한 공포인 셈이다. 이런 나의 두려운 감정을 숨기기 위해 끊임없이 의심한다. 그리고 결국 동반 파멸하고 만다. 안나의 의심은 더이상 브론스키가 자신을 사랑하지 않을 것이라는 공포에서 시작되었다. 이혼조차 하지 못해 아들도 만나지 못하고, 현 남편에게도, 브론스키에게도 갈 수 없는 상황을 상정한 공포가 안나를 집어삼켰다. 그리고 그 두려움에 배신당하지 않기 위해 의심이 튀어나왔다. 아무런 증거도, 정황도 없지만 의심이 시작되는 것이다.

이렇게 증거 없는 의심은 가끔 우리의 생각을 잠식한다. 그리고 '감'이라 불리는 부정적인 감정이 이 의심을 구체화한다. "아니 땐 굴뚝에 연기 날까"라는 속담도 있지만, 증거 없는 의심은 보통 연기가 나기를 기다리고 있다. 그 순간 다가오는 감정이 우리를 침식한다. 의심에 스스로 잡아먹히는 것이다. 의심은 점차 구체화되고, 단시간에 사라지지 않는다. 지속적으로 머릿속에서 맴돌며 의심에 의심을 심어 넣는다. 안나가 그랬듯이 말이다.

한번 생겨난 의심은 하염없이 지속되며 더 크게 퍼져나간다. 의심에 집착하는 것이다. 의심이 때로는 아집이 되기도 한다. 끊임없이 꼬투리를 잡기 위해 소모적으로 노력한다. 어느 순간, 의심은 기폭제를 만난다. 어딘가에서 삐져나온 일순간의 증거로 의심은 폭발한다. 증거가 없다면 스스로 만들어버린다. 브론스키가 다른 여자가 생겼다는 증거조차 없음에도, 안나는 잠시 시간을 가지기 위해 떠난 브론스키에게 여자가 생겼다고 확신해버렸다.

의심이 내면을 파고들면 부정적인 감정이 결국 스스로를 갉아먹는다. 공포로 생긴 의심이 점차 부풀어 오른다. 인간은 작은 공포나 두려움에도 파멸해버리는 나약한 존재라는 사실을 톨스토이는 안나를 통해 보여주고 있다.

26. 노숙과 분노

여행을 하다 보면 종종 화나는 상황이 벌어진다. 여행까지 와서 화를 내는 모양새가 우습긴 하지만 그래도 화가 나는 건 어쩔 수 없다. 돈 들이고 시간 들여 떠난 여행인데 내 생각대로 되지 않으니 짜증이 난다. 틀어진 계획이 내 탓이 아닌 경우에는 짜증이 더 심해진다. 화가 나는 건지 짜증이 나는 건지 뭔지 모를 불쾌한 감정이 여행을 망칠 때도 있다. 사소한 이유 때문에 여행이 망쳤다는 생각이 불난 마음에 기름을 부어 여행을 할 때면 크고 작은 이유로 혼자 혹은 동행자를 상대로 화를 냈다. 첫 여행이었던 뉴질랜드에서 피치 못한 사정으로 노숙을 했을 때도 마찬가지였다.

스마트폰이 지금처럼 활발하지 않던 시절, 도움 주는 사람 없이 떠난 첫 여행이었다. 영어도 서툴고 혼자 영어로 외국인과 대화해 본 적도 없으니 적잖이 긴장되었다. 심지어 사람들에게 말도 잘 건네지 못하고 우물쭈물하는 성격이다. 혼자가 아니라 챙겨야 할 친척 동생까지 함께 가게 되어 출발하기 전부터 마음이 무거웠다.

마음이 무거우면 더욱 철저히 준비해야 했지만 그렇지 못했다. 설렘보다 긴장이 압도했다. 여행지에 대한 공부도 전혀 하지 않고, 숙소도 첫 도시인 웰링턴만 잡아두었다. 와이파이니 로밍이니 하는 휴대폰 데이터와 관련된 준비도 하지 못하고, 환전을 하지 못해 공항에 도착하기 전까지 우왕좌왕했다.

준비되지 않은 여행이라도 그 나름의 재미는 있었다. 사전 준비가 거의 없다 보니 만나는 모든 새로운 풍경들과 색다른 문화가 더 크게 다가왔다. 정보 과잉의 시대를 살다 보니 미리 만나보는 이색적 풍경이 도리어 여행지에서 가슴 벅찬 감동을 없애기도 한다. 머릿속에 여행지의 데이터가 거의 없으니 여행의 감동이 더 커졌다.

하지만 그만큼 적은 정보로 인한 위험도 도사리고 있었다. 이동이 많던 여행이라 여행을 하는 도중에 매번 새로운 숙소를 잡아야 했다. 그런데 크라이스트처치라는 남섬 최대 도시에 도착했을 무렵, 우리는 수일 전부터 방을 구하지 못하고 있었다. 오기 전까지 이동거리도 길었고, 인터넷도 없던 상황이라 방을 실시간으로 찾는 지금의 상황과는 달랐다. 간신히 잡은 와이파이로 방을 검색해도 거의 모든 방들이 예약되어 있었다.

결국 예약도 채 하지 못하고 크라이스트처치 기차역에 도착했다. 며칠간의 여행으로 자신감이 붙었는지 설마 이 넓은 도시에 방 하나 없겠냐는 안일한 생각을 했다. 남섬 최대 도시니 크기가 큰 만큼 관광객도 많고, 그만큼 숙소도 많을 것이라 생각했다. 기차역에서 나와 우리는 도시에서 가장 유명한 유스호스텔인 YMCA로 갔다. 숙소 예약 사이트에는 만실이라고 나왔지만 그래도 혹시 방이 하나라도 있지는 않을까 하며 들어갔다. 역시나 방은 없었다. 이렇게 큰 호스텔에 방이 없을 거라고는 생각도 하지 못했다. 지금까지 여행이 성공적이었으니 이번에도 성공하겠지 하고 오판했다.

하는 수 없었다. 미리 예약하지 않은 것에 대한 불안함과 두려움이 마음속에서 커져갔다. 어쩔 수 없이 다른 숙소를 찾아 떠났다. 도시 곳곳의 호텔과 모텔, 게스트하우스를 모두 돌아다녔지만 돌아오는 사인은 "No vacancy(빈방 없음)". 이럴 수가 있을까. 2년 전 대지진이 있었다는 사실은 알고 있었지만 시간이 흘렀으니 이제 다 복구되었을 것이라고 생각했다. 하지만 아직도 도시 절반이 복구되지 않았고, 그 때문에 관광객 수요만큼의 빈방은 구할 수 없었다. 허망하게도 오늘을 제외한 다른 날들은 빈방이 많이 있었다. 하필 오늘 단 하루만 이렇게 모든 숙소가 꽉 차 있었다.

시간이 흐르고 거리에 사람들도 사라졌다. 동생과의 대화도 점점 줄어들었다. 좌절감은 짜증이 되었다. 눈썹을 잔뜩 구긴 채 한숨만 하염없이 반복했다. 밤이 되니 거리에 술 취한 사람들이 시비를 걸어오기도 했다. 여행에서 일어날 수 있는 모든 불행한 상황이 한 번에 닥쳐왔다. 짜증과 두려움이 동시에 올라왔다. 결국 최후의 보루였던 노숙을 선택해야만 했다. 우리는 큐브 하우스라고 불리는 구역으로 몰래 들어갔다. 지진으로 인한 피해로부터 소상공인들을 지원하기 위해 컨테이너를 쌓아둔 공간이었다. 오늘은 여기서 자야 한다. 남반구가 여름이라 그나마 다행이었다. 추운 밤까지는 보내지 않아도 돼서 다행이었다. 열 시쯤 해가 저물었다. 해가 사라지는 것이 두려웠다. 어두워지면 어디서 어떤 위험한 일이 일어날지 몰랐다. 도심 한가운데 있었지만 야생 어딘가에 뚝 떨어진 기분이었다. 진짜 노숙의 시작이었다. 벤치에 배낭을 기대고 비스듬히 누워 있었지만 잠은 오지 않았다.

화가 났다. 준비하지 않은 스스로에게도 화가 나고, 이유 없이 시비 거는 사람들에게도 화가 나고, 이런 상황에서 아무 말 없는 동생에게도 화가 났다. 화를 낼 이유는 없었다. 내 잘못이었고 화를 낸다고 이 상황에서 나아질 것은 없었다. 감정의 분풀이였을 뿐이다. 단전에서 끓어올라온 기운이 목을 넘어 머리로 올라오자 뜨거운 열이 났다.

화라는 감정은 한번 폭발하면 제어하기 쉽지 않다. 타인을 향하거나 자신을 향한다. 불교에서는 이런 분노를 '탐진치貪瞋癡'의 '진瞋'이라고 부른다. 불교의 목표는 깨달음이다. 불교에서 사람은 깨달음을 위해 해야 하는 것과 하지 말아야 하는 것에 대해 알아간다. 이 과정은 어둠 속에서 길을 찾는 사람으로 곧잘 비유된다. 빛이 없다면 길을 찾을 수 없다. 내가 어디에 서 있는지도 모른다. 그러니 힘든 삶을 살아간다.

어둠이 두려워 몸을 허우적거리다 넘어지면 중생은 화를 낸다. 분노에 빠지는 것이다. 어둠 속 모든 것에 화가 난다. 탐진치 중진, 즉 분노다. 분노에 빠진 자는 내가 무엇을 해야 하는지 생각하지 못하고 나와 부딪치는 모든 것들에 싸움을 걸면서 난폭해진다. 그러고는 화의 목표를 찾지 못해 결국 자신에게 그 분노의 화살을 향하기도 한다. 괴로움만 스스로 증폭된다. 이것이 분노에 빠져 늘어나는 괴로움을 인지하지 못한 우리의 모습인 것이다.

분노가 치밀 때 화를 낼 상대와 내지 말아야 할 상대를 구분하지 못한다. 방향을 잃은 분노는 나에게 향한다. 나를 향한 분노는 나를 갉아먹는다. 어차피 풍선 같은 화는 사라질 것이다. 남을 향해야 하는 화는 남을 향해야 한다. 방향을 잃어버린 분노처럼 추한 것은 없다.

스스로 여행을 망쳤다는 분노, 그리고 그 잘못으로 이런 위험에 처했다는 슬픔이 화로 바뀌었다. 하지만 여행은 끝나지 않았다. 부처님은 중생들의 분노를 없애기 위해 여러 설법을 펼쳤지만, 내가 할 수 있는 것은 빨리 해가 뜨고 아침 일찍 여는 카페라도 가는 것뿐이었다.

벤치에 앉아 말도 없이 동생에게 등을 돌리고 앉았다. 부끄러웠다. 잘못은 내가 했는데 나에게 화를 돌리기 싫으니 동생과 알 수 없는 사람들에게 화살을 돌렸다. 그리고 그 분노가 나를 향하더니 갑자기 차갑게 식었다. 분노가 괴로움의 실상을 보지 못하게 한 탓이다. 원인이 사라지지 않은 감정의 소모만 불러오니 분노가 끝나면 공허함과 허무함이 찾아오는 것이다. 이렇게 갑작스러운 허망함에 모든 것이 덧없이 느껴지고 의욕이 사라진다.

해가 뜨고 우리는 카페에 거지꼴로 들어갈 수 있었다. 그리고 곧장 3일치 숙소 예약을 모조리 마쳤다. 노숙을 했지만 별 탈은 없었다. 졸린 것 빼고는. 체크인 시간 전까지 공원에서 또다시 노숙으로 낮잠을 잤다. 한번 해보니 두 번은 어렵지 않았다.

아이러니하게 가장 힘들던 경험이 가장 기억에 남고 이야깃거리가 되어주었다. 가장 기억에 남는 에피소드가 되었다. 생각보다 충격은 있었지만 생각보다 좋은 부분도 있었다.

모든 부정적인 일이 부정적이지는 않다. 모든 긍정적인 일이 긍정적이지도 않다. 세상은 풍파가 있다. 파도의 파고만큼 올라갔다가 내려오는 삶을 반복한다. 파도가 덮칠 듯이 오면 어떻게 피할 것인지, 맞서 싸울 것인지 생각해야 한다. 하지만 이런 생각이 힘드니 단순히 화를 내는 것으로 피해버린다. 나에게, 세상에게 화를 낸다. 하지만 방향 없는 분노는 감정의 소모만 불러오고 나를 침식한다. 파도에 맞설 거면 맞서고, 피할 거면 피하면 된다. 나에게 향하는 화는 덧없는 감정 소모일 뿐이다.

27. 겁쟁이와 배짱이

  인도의 바라나시는 전 세계 여행자들의 메카이다. 갠지스 강에
서 한 번쯤 일몰을 봤다거나 죽은 사람의 장례식과 산 사람의 식
사가 동시에 이루어지는 광경을 봤다면 '그래, 너 여행 좀 했구나'
하고 인증을 해주는 도장과 같은 도시이다. 수년 전, 인도가 내면
의 평화 혹은 영혼의 안식을 대표하는 여행지로 우리나라에 소개
되면서 바라나시가 한국 여행자들에게 큰 인기를 얻었다. 런던이
나 파리 같은 서유럽 대도시를 '관광'하는 여행 초보자들과 달리,
진정한 자아를 찾아 '여행'하는 이른바 여행 고수들에게 내심 자랑
거리가 될 수 있었기 때문이 아닐까 조심히 생각해본다.
  이 도시는 우리가 '인도' 하면 머릿속에 떠오르는 모든 것들이 한
곳에 모인 곳이다. 대표적으로 갠지스 강이 있고 그리 위생적이지
는 않아 보이지만 한번쯤 먹어보고 싶은 각종 길거리음식들도 있
다. 이곳을 처음 찾은 여행자들은 어디에나 가득한 오토바이들과
어지러운 도로 때문에 길 하나 건너기가 어렵다. 다른 도시들보다

최소 수백 년은 더 오래된 탓에 도로, 건물 모두가 칸딘스키의 추상화처럼 어지럽게 늘어서 있고, 사람보다 많은 소와 개, 그리고 그 동물들보다 많은 오토바이와 자동차들로 한 발자국도 움직이기 힘들다. 사람과 릭샤, 차량으로 정체된 도로들 사이에 테트리스처럼 끼어 있는 다양한 동물들까지, 이 도시는 정체를 한눈에 파악하기 불가능하다.

델리를 거쳐 바라나시로 곧장 들어온 인도 여행 초행자인 나에게 바라나시는 조금 힘든 도시였다. 숙소에 짐을 풀고 본격적으로 이 신비한 도시를 탐험하기 전에 배를 채우기로 했다. 식당을 찾으러 두리번거리며 다니니 현지인들이 많이 다가왔다. 한 손에 쥔 휴대폰에는 지도가 펼쳐져 있고, 불안한 마음에 다른 한 손에 가방을 꼭 쥐고 있는 모습은 누가 봐도 이 도시에 처음 도착한 여행객이었다. 그리고 이런 여행객은 수많은 호객꾼들을 몰고 다닌다. 호객꾼들은 자신들의 식당에 와라, 우리 상점에 와라 하면서 대놓고 유혹하지 않는다. 먹잇감을 포착한 호객꾼들은 여행자들에게 일단 어디서 왔는지, 어디 가봤는지 물어보면서 친근하게 다가온다. 그리고는 곧 우린 이제 친구라면서 자연스레 자신의 상점으로 데리고 간다.

인도에 오기 전에 이렇게 따라가서 덤터기나 사기를 당했다는 말을 수도 없이 들었기 때문에, 우리는 이들에게 쉽게 당하지 않

았다. 길에서 따라붙은 사람들에게는 웃으며 괜찮다고 말하며 스
윽 다른 길로 넘어갔고, 누군가 인사를 하면 인사만 받아주고 따
라오라는 말은 무시했다. 그리고 다른 사람들의 말은 듣지 않고
우리의 눈으로만 탈리를 파는 집을 찾았다.

드디어 괜찮은 식당을 발견하니 또 다른 인도인이 다가왔다.

"젊은 친구들, 환전 안 하니? 우리는 이 근방에서 환율이 제일 좋
아."

그는 식당이나 기념품을 호객하는 사람이 아니라 사설 환전소를
운영하는 사람이었다. 사설 환전소는 보통 은행이나 호텔보다 훨
씬 좋은 환율로 돈을 교환해주기 때문에 여행객들이 주로 이용하
는 곳이다. 공항에서 환전한 인도 루피가 거의 떨어질 무렵이었기
때문에 우리는 환전할 필요가 있었다.

"그럼 여기서 밥 먹고 나올 테니 환율 좋게 쳐줘요. 하하."

농담 아닌 진담을 던지니 아저씨는 인상 좋은 얼굴로 알겠다며
안으로 먼저 들어갔다.

위층으로 올라가 식사를 하고 난 후 기분 좋게 환전을 하러 내려
갔다. 아저씨는 우리의 얼굴을 보면서 환하게 웃었다. 정말 약속을
지키는 녀석들이구나 하는 눈빛이었다. 친구가 환전을 하기 위해
먼저 들어갔고 나는 잠시 전화를 하러 나갔다. 전화를 마치고 다
시 환전소 안으로 들어가니 친구의 낯빛이 어두웠다. 지갑에 분명

500달러가 있어야 하는데 200달러가 사라진 상황이었다. 무언가 이상했지만 친구는 우선 환전을 마쳤다. 그리고 환전상 아저씨는 나에게도 환전을 권유했다. 나는 이미 돈이 있으니 괜찮다고 했지만 아저씨는 큰 화폐보다 작은 화폐가 많아야 쓰기 좋다면서 지갑에 얼마 있는지 보여달라고 말했다. 아저씨에게 가장 큰 단위의 화폐인 2,000루피 두 개를 꺼내 보여주니 작은 단위인 500루피 화폐로 바꿔주었다.

밖으로 나온 우리는 우선 사라진 200달러의 행방부터 살폈다. 다른 곳에 돈을 집어넣은 적이 있는지, 혹은 집에 두고 온 것이 아닌지 계속 생각하고 살폈지만 정답이 나오지는 않았다. 집에 있는 어머니께 전화를 해 혹시 책상 위에 두었는지 여쭤보기도 하고, 가방 구석구석을 뒤져보았지만 사라진 달러의 행방은 도저히 찾을 수 없었다. 잊고 여행하기에는 큰돈이기에 갠지스 강까지 걸어갔지만 소용없었다. 친구의 기분은 도저히 무언가를 둘러보기 힘든 상황이었다. 하는 수 없이 숙소로 돌아갔다. 넓은 갠지스 강의 첫 모습은 돈을 잃은 우리에겐 아무런 감흥도 주지 못했다.

숙소에서 샤워를 마치고 나오니 친구가 헐레벌떡 달려왔다.

"형, 나 돈 그 사람한테 사기 당한 것 같아."

친구의 말은 다음과 같았다. 어떻게 돈을 잃어버린 건지 도무지 이해되지 않아 인터넷으로 하소연을 했더니, 혹시 지갑을 그 사람에게 넘기지 않았냐는 댓글이 달려 있었다고 한다. 알고 보니 그 환전소는 많은 사람들이 이미 사기를 당한 장소였다. 지갑을 보여 달라는 식으로 가져가서는 마술사를 능가하는 손놀림으로 지갑의 돈을 일부 빼서 책상 밑으로 숨기는 방식이었다. 말도 안 된다고 생각하는 찰나의 시간이지만, 오랜 시간 숙달된 탓에 능수능란하게 말을 걸며 돈을 빼가는 것이었다. 그리고 이미 같은 곳에서 사기를 당했다는 사람의 증언도 나왔다. 나는 사람을 믿지 못한 탓인지 운이 좋은 덕인지 지갑을 주지 않았기에 사기를 당하지 않았던 것이다.

"그럼, 이제 어떡하게?"

"형 나오기 전에 숙소 직원에게 물어보니까 가서 강하게 따지래. 큰소리로 경찰을 부르겠다고 하면 무서워서 돌려줄 거래."

"이 시간에?"

"아직 닫지 않았을 거야. 빨리 가보자. 형은 뒤에서 엄호만 해줘. 내가 다 알아서 할게."

솔직한 심정으로는 가기 두려웠다. 환전상이 못 주겠다고 하거나 혹은 패거리를 부르면 어떡하지? 가뜩이나 겁이 많아 유럽에서도 밤에 혼자 돌아다니지 못한 나였기에 이런 결단을 한 친구가 존경스럽기도 하고 신기하기도 했다. 만약 내가 돈을 사기 당한 것을 알게 되었다면 사기꾼을 찾아갈 생각은 하지 못하고, 원래 없던 돈이라고 생각하면서도 속으로는 아까워서 인터넷에 글만 적으며 하소연하는 것이 전부였을 것이다. 다른 나라, 특히 위험하다고 소문이 난 인도에 와서 이렇게 다시 찾아가 따질 용기가 있을까 신기했고 걱정스럽기도 했다.

나는 언제나 이런 겁쟁이었다. 학창시절 양아치들이 골목에서 누군가의 돈을 뺏고 있으면 다가가지 못하고 돌아서 선생님에게 이르고, 군대에서 누군가 따돌림을 당해도 모른 척했다. 맞는 것이 두려워서, 욕먹는 것이 두려워서 위험하지만 불의에 맞서 싸우기보다 도망쳤다. 그 불의가 나에게 닥쳐도 마찬가지였다. 거래에서 손해를 보더라도 그냥 넘어갔고, 남의 잘못으로 내가 피해를 보더라도 웃고 말았다. "내가 조금 손해보고 살지 뭐"라는 말이 내 인생의 테마였다. 하지만 이 테마는 자세히 살펴보니 빛 좋은 개살구였다. 부처 미소를 띠고 손해 보더라도 남을 위하며 살자는 말이 아니었다. 내가 원하는 것이나 내가 필요한 것에 대해 남과 싸우는 법을 몰랐기 때문이었다. 그러니 언제나 피하기만 했던 것이다.

이런 나와 다르게 친구는 화를 내며 환전소로 거의 달리다시피 갔다. 복잡해서 처음 도착했을 때는 건너지도 못하던 도로를 단한 번에 건넜다. 사람들과 동물들 사이에서 이리 가지도 저리 가지도 못하던 오전의 모습과 다르게 단번에 빠져나갔다. 자신의 손해에 분노할 수 있는 자의 힘이었다. 도착한 시간은 환전소가 문을 달기 직전이었다. 형은 여기서 기다리라는 영화에 나올 법한 말을 남기고 친구는 문을 부수다시피 강하게 열고 들어갔다. 뭔가 상황이 나쁘게 흘러가는 것을 느낀 환전상은 자신의 아들들에게 나가 있으라고 했다. 그러고는 친구의 고성이 울려 퍼졌다. 문 틈 사이로 보이는 친구는 온몸을 써가며 환전상에게 자신의 화를 표출하고 있었다. 한동안 고성이 건물을 뒤흔들고 난 뒤 둘은 조용히 이야기하기 시작했다. 그리고 결국 친구는 돈을 돌려받고야 말았다. 문을 열고 나오는 친구의 얼굴은 화로 인해 벌겋게 달아올라 있었다. 돈을 돌려준 환전상은 떠나는 우리에게 명언 아닌 명언을 남겼다.

"내가 착한 사람이니까 돈을 돌려주는 거야. 인도에서는 사기를 당하는 사람이 바보야. 사기 친 사람은 똑똑한 거지. 앞으로는 너희 스스로가 꼭 사기인지 아닌지 의심하라고."

일반적인 상식과는 지구 반 바퀴 이상 동떨어진 듯한 말이었다. 하지만 여행을 하다 보니 그의 말이 틀리지 않았다는 것을 알게 되었다. 어디서나 먹잇감을 노리는 하이에나들이 수두룩했고, 우리는 그의 교훈을 마치 스승의 말씀처럼 따르며 사기를 피해 다녔다. 숙소로 돌아가는 길에 친구에게 대체 뭐라고 했기에 돈을 돌려주었냐고 물어보았다.

"웬만한 말에는 절대 돌려주지 않을 것 같아서 가기 전부터 머릿속으로 시나리오를 만들었지. 일단 삼촌이 첸나이 현대에서 지사장으로 있다고 뻥을 쳤고, 그리고 지사장이라 지역 경찰청장이랑 친하다니까 돈을 슬쩍 올려두더라. 근데 내가 얼마인지 말도 안 했는데 딱 200달러 올리더라고. 그거 보고 진짜 화가 나서 경찰한테 전화하는 척하니까 앉아서 진정하라고 하더라. 그리고 한동안 자기가 착하니까 돌려준 거라는 등 잡다한 이야기를 하면서 화 풀라고 하더라고. 경찰 부르는 것이 여기서는 가장 무서운 말이라는 게 사실이었나봐.”

배짱이 두둑하다는 말이 바로 이럴 때 쓰는 말인가 싶다. 호랑이 굴로 맨몸으로 들어가서 폭력도 아닌 세치 혀만 가지고 사기를 일상 삼아 일하는 사람을 굴복시킨 친구였다. 배짱 없고 소심한 내 눈에는 그 누구보다 멋있어 보이는 순간이었다.

28. 싸움을 싫어하는 회색분자

  신기하게도 해외에서 동아시아인들이 만나면 대부분 서로의 국적을 한눈에 알아본다. 다른 인종도 그런지 모르겠지만, 한중일 세 나라의 사람들은 말을 하지 않아도 '아, 저 사람은 한국인이구나, 일본인이구나' 하는 식으로 생각하는데 대개가 맞는 편이다. 다른 나라들에 비해 민족성이 뚜렷해서 그런 듯하다. 뉴질랜드 크라이스트처치에서 떠나는 기차 플랫폼에 여섯 명의 아시아인들이 함께 있었는데 서로 말을 하지 않고도 얼굴과 느낌만으로 각자 국적을 파악하고 단번에 "곤니치와"라든지 "니하오"라든지 하며 인사를 걸었다. 그리고 그 인사는 정확히 해당 국적을 가진 사람들에게 알맞은 인사였다. 인도에서 만난 일본인들도 그렇게 한눈에 알아봤다.

  악명 높은 인도 기차에서 나는 혼자 객실에 들어갔다. 예약을 잘못한 탓에 함께 여행 간 친구와 다른 칸에 타야 했다. 휴대폰 유심도 없고, 친구도 없다. 내 자리를 제외하고 남은 자리는 단 5석. 기차에 오르는 사람들을 보면서 나와 같은 공간을 쓸 사람들이 누구일까 궁금했다. 먼저 들어온 사람들은 인도인 부부였다. 2층 침대로 된 자리를 각자 점유한 이들은 어색하게 건넨 내 인사를 가볍게 무시했다. 목소리가 작아 못 들은 것이라 생각하고 멋쩍은 미소를 지은 채 다시 오가는 사람들을 지켜봤다.

이번에는 동아시아인 두 명이 들어왔다. 한국인은 아닌 듯하고, 중국인도 아닌 듯 보였다. 느낌상 일본인 같았다. 인사를 받아주지 않은 인도인들과 다르게 두 여성은 반갑게 인사를 받아주었다. 인사를 하며 물어보니 일본인이 맞았다.

숨 막히듯 어색한 기차가 드디어 12시간의 대장정을 향해 출발했다. 승객들은 분주하게 자신의 짐을 풀고 쌓아가며 긴 여정을 준비했다. 그것도 잠시, 10분 정도 지나자 기차 안은 덜컹거리는 소리만 일정한 리듬을 가지고 울려 퍼질 뿐 그 누구의 말소리도 들리지 않았다. 할 일이 없으니 멍하니 창문 밖만 쳐다보는데도 어색함에 숨이 막힐 지경이었다. 겨우 용기를 내 일본인들과 대화의 물꼬를 텄다.

"하지메 마시떼. 와따시와 칸코쿠노데스."

"아, 안녕하세요. 저는 일본인입니다."

"아, 리얼리? 왓 시티 디듀 프롬?"

한국어, 일본어, 영어가 섞인 요상한 대화가 이어졌다. 우리는 아무 말이나 건네며 서로의 무해함을 증명했다. 기차 안에서 조금이나마 안심하고 가기 위한 노력이었다. 외국에서 이성과 만난다는 로맨틱한 상황을 머릿속으로 그려본 적은 많았지만, 갑작스럽게 현실이 되어버리니 손에 땀이 날 정도로 어색했다.

두 일본인 중 한 명은 이 어색한 대화를 참지 못했는지 묵묵히 듣다 어느새 자기 침대로 들어가 잠을 청했다. 단 둘만 남게 된 우리는 더 많은 이야기를 나눌 수 있었다. 일본에서 초등학교 선생이었던 그녀는 친한파였다. 때문에 한국여행도 열 번 이상이나 다녀왔고, 나도 한두 번밖에 가보지 못한 부산도 이미 여러 차례 다녀왔다. 다행히 나도 그녀의 고향과 가까운 오사카를 여행한 적이 있었기에 여행이라는 공통의 주제를 바탕으로 대화를 이어갔다.

게다가 그녀가 한국을 좋아하기도 했고, 웬만한 한국인들은 일본에 대한 기본적인 정보가 있으니 대화 거리는 충분했다. 드라마부터 영화, 각국의 다양한 문화, 여행부터 개인적인 이야기까지 나누다 보니 가까워진 기분이 들었다. 솔직히 설레는 마음도 있었다. 영화의 한 장면 같지 않은가. 낯선 여행지에서 만난 이성과 가까워지는 설렘. 조금씩 서로를 알아가고, 또다시 우연한 만남이 이어지면서 서로의 마음을 확인하는 그런 설렘. 단순히 새로운 친구를 사귄다는 생각 이외에도 오랜만에 나누는 이성과의 대화는 여행으로 지친 여행자의 마음을 달콤하게 보듬어주었다.

대화를 나누며 혼자만의 상상의 나래를 펼치던 도중 갑자기 그녀는 대답하기 어려운 질문을 꺼냈다.

"왜 한국에 반일운동이 일어났나요?"

말문이 막혔다. 어디서부터 이야기를 이어나가야 할까? 우리가 기차에서 하하호호 웃으며 이야기를 나누던 시점은 2019년 겨울이었다. 그해 여름에는 한일 무역분쟁으로 인한 역대급 반일 불매운동이 일어났었다. 그녀는 반일이나 정치 같은 주제에 관심은 없지만 어디선가 들었기 때문에 물어보는 것일까? 역사에는 무관심하면서 한국문화에 대한 순수한 호기심으로 물어본 것일까? 혹은 약간의 피해망상이긴 하지만 말을 끊고 싶어서 일부러 불편한 주제를 꺼낸 걸까 하는 생각도 들었다. 너무 예상치 못한 질문이라 당황하는 내 모습이 아마 눈에 훤히 보였을 것이다. 호감이 있는 여성을 앞에 두고 한국의 정치와 정당함을 온몸으로 표현해야 하는지 아니면 호감을 사기 위해 나라를 배신하고 일본인 입맛에 맞는 이야기를 해주어야 하는지 잠시 고민했다.

다른 사람과 대화할 때 선을 어디쯤에 그을지가 항상 문제다. 오늘 같은 꺼림칙한 주제를 상대가 꺼내면 더 어렵다. 솔직하게 먼저 자신의 의견을 말하면서 동조하길 원하는 사람이라면 맞장구쳐주면 되지만, 애매하게 넌지시 질문을 하면 대답하기 어렵다. 그 사람의 의견에 동조하든 반대하든 누군가와 그런 격렬한 토론을 하기는 싫다. 영화를 볼 때나 소설을 읽을 때 갈등하는 장면을 싫어해 재빨리 넘겨버리는 이유도 이런 심정 때문이다.

'싸우지 말고 사이좋게 지냅시다'라는 말은 이야기에서도 재미없어 쓰이지 않는다. 현실에서도 '싸우기 싫으니 그냥 네 의견이 맞다'는 식으로 살면 회색분자라는 말을 듣는다. 하지만 어쩌겠는가. 내 의견을 말하고 상대를 납득시키기엔 논리가 부족하고, 정보도 부족하고, 심성도 부족하다. 그냥 내 의견 하나를 지우고 회색분자로 살면서 답답한 상황을 벗어나는 게 더 좋은 일인걸.

그녀의 질문에 대답하지 못하고 고민하고 있을 때 다행히 좋은 카드가 떠올랐다.

"스미마셍~. 제가 영어를 잘 못해서 그런 말을 하는 건 어렵네요."

재빠르게 다른 주제로 분위기를 넘기고 나서는 별 다른 대화 없이 이야기가 끝났다. 승객들도 계속 들어오고, 사람이 지나갈 때마다 어색한 침묵이 반복되다 각자의 침대로 들어갔다. 회색분자를 태운 기차는 밤길을 내내 달렸고, 우리는 잠에 들었다. 새로운 인연에 대한 기대는 이렇게 싱겁게 끝나버렸다.

29. "감사합니다"라는 말

　군대에서 상병을 달았을 때다. 지루하기만 하던 점호시간에 할 일이 생겨버렸다. "하루 5 감사"라는 이름으로 점호시간 전에 오늘 하루 감사했던 일 다섯 가지를 수첩에 적어 점호 중 돌아가며 일어나 읽어야 하는 귀찮은 일이었다. 사단에서 내려온 지침이라 말년 병장부터 이등병까지 누구도 피하지 못하고 점호 전까지 하루 중 감사했던 일 다섯 가지를 찾아야 했다.

　'까라면 까야 하는' 군대. 귀찮아도 하는 수밖에 없었다. 감사한 일이 없어도 억지로라도 찾아야 점호시간에 혼나지 않으니까. 그래도 처음 며칠은 형식적으로나마 감사한 일을 찾을 수 있었다. 오늘 하루를 열심히 살게 해준 대대장님께 감사, 저녁식사를 맛있게 준비해준 취사병들에게 감사, 예정된 훈련을 뒤로 미뤄주신 연대장님께 감사……, 이런 사탕발림 같은 감사였지만 점호를 주관하는 당직사관들도 귀찮은 듯 그냥 확인만 하고 넘어갔다.

　열의라고는 눈곱만큼도 없던 우리를 동기부여하기 위해 부대에서는 휴가증을 내걸었다. 한 달 동안 쓴 '하루 5 감사'를 모아 성실히 쓴 사람들에게 휴가를 준다는 것이었다. 한 달의 시간이라고는 하지만 당장 오늘부터 쓴 사람과 이전부터 성실히 쓴 사람 중 누구에게 휴가증을 줄 것인지는 뻔한 일이었다. 결국 밀린 감사함을 찾기 위해 모든 장병들은 눈에 불을 켜고 감사한 일을 찾았다. 밀린 일을 적었건 성실히 썼건 결국 검사하기 전까지 완벽한 감사함이 담겨 있으면 되는 일 아닌가.

혼자 쓰려고 하니 쓸 말이 없어 우리는 머리를 맞대고 감사한 일을 짜냈다. 개인 과제였지만 함께 쓴다면 아이디어가 하나라도 더 나올까 싶었다. 오늘 근무가 없는 나 대신 근무를 서주는 동기들에게 감사, 아픈 나를 의무대에 데려가준 동기에게 감사 같은 감사함은 이미 써버린 지 오래였다. 결국 우리는 억지로라도 감사한 일을 찾아야 했다.

라면 먹으려 하는데 젓가락을 준 동기에게 감사, 커피를 나눠준 선임에게 감사, 오늘 비가 와서 일을 하지 않아도 되어 감사, 쓰레기를 대신 버려준 동기에게 감사, 널어둔 빨래가 바람에 날아간 걸 다시 걸어준 후임에게 감사……. 조금은 귀찮았지만 즐거운 추억이었으나 두 달 만에 폐지된 감사 제도 이후에는 다시 감사할 일을 찾지 않게 되었다.

생각해보면 우리는 감사하다는 말에 참으로 서툴다. 따지고 보면 저렇게 사소하지만 고마운 일들이 항상 있었다. 하지만 누군가 호의를 베풀어줘도 감사하는 마음을 가지거나 말로 표현한 적은 드물다. 감사를 받는 태도 역시 비슷하다. 누군가 나에게 감사를 표현해도 별일 아니라는 듯 말했다. 가끔은 되레 내가 들인 노력을 폄하하고 아무것도 아닌 일로 치부할 정도로 감사를 거절한다. 내게 오는 감사를 이렇게 묵인하니 남의 감사도 크게 받아들이지 않아 감사함을 표현하지 않는 것일까.

반대로 여행을 할 때면 감사하다는 말을 참 많이 한 듯하다. 물건을 사고도 땡큐, 주문한 음식이 나와도 아리가또, 누군가 호의를 베풀어도 감사하다는 말이 절로 나왔다. 한국인에게는 감사함을 표현할 줄 모르고 외국인에게만 감사하다는 말을 하는 사대주의자는 아니다. 오히려 필요에 의한 감사였다. 한국에서는 나의 안전과 신변이 보장되어 있다. 그러니 내가 스스로 나의 '무해'함을 증명할 필요가 없었다. 하지만 반대로 외국에서 나는 이방인이다. 낯선 사람에게 건넨 호의에 대해 감사함을 표하지 않으면 상대가 언제 돌아설지 모른다는 두려움에 했던 감사였다. 극단적인 생각이긴 하지만 맞는 생각이었다.

거꾸로 생각해보면 그간 감사함을 표현하지 않은 건 이기적이기 때문이었다. 고마움을 표현하지 않아도 내게 해가 되지 않으니까, 그냥 넘어가도 별 말이 없었으니까 고맙다는 말을 전하지 않았던 것이다. 감사한 일에 감사하다는 말을 하기가 이렇게나 쉽지만, 하지 않은 건 이기심 때문이었다. "감사합니다"라는 짧은 문장 하나지만 그 말을 듣는 사람이 받을 고마움은 생각하지 않았다. 특히나 가까운 사람일수록 표현하지 않았다.

하루에 다섯 가지의 감사함을 찾았던 지난날을 돌이켜보면 주변 사람들은 언제나 내게 호의를 베풀었다. 하지만 이런 감사하라는 강압이 없으면 친구, 지인 혹은 가족에 대한 감사는 거의 하지 않았다. 오히려 생판 모르는 사람이 무심코 건넨 호의에는 즉각 감사하다는 말이 나오기 일쑤다. 서툴다는 건 핑계고 그냥 이기적이었던 것이다.

편하니까. 고맙다는 말을 하기가 어색하니까. 감정을 표현하기 서투니까. 이런 생각으로 그동안 무심코 넘긴 감사함이 얼마나 많은가. 착한 사람인 척하며 살아왔지만 진정 감사할 줄 모르는 인간이었다. 창피해진다. 인간이 된 줄 알았지만 아직 인간이 덜 되었다.

그런 의미에서 5 감사를 다시 해볼까 한다.

오늘 하루 무사히 일하고 돌아오신 아버지께 감사.

오늘도 집안일로 힘든 하루를 보내고 계신 어머니께 감사.

묵묵히 자기 공부 하면서 성실한 하루를 보낸 동생에게 감사.

힘들다고 떼쓰는 나를 달래주는 친구들에게 감사.

이 글을 읽어주며 나의 의미 있는 하루를 만들어준 모든 사람들께 감사.

30. 네 안의 작은 천사가 너를 지켜줄 거야

발음하기도 힘든 동네 크르제므제. 체코의 관광 명소인 체스키 크룸로프와 체스케 부데요비체 사이에 있는 인구 2,500명 정도 되는 작은 도시다. 마을 단위로 가면 그 규모가 더욱 작아진다. 사람이 적은 만큼 자연은 아름답다. 마을 입구에서부터 선명하게 피어오른 노란 유채꽃이 흐르는 강물처럼 언덕마다 가득하고, 언덕 너머 빽곡한 숲에는 나무들이 옹기종기 모여 있다. 영화 <사운드 오브 뮤직>에 나오는 언덕이 바로 이런 언덕이었을까 싶다.

예전 우리 시골처럼 이웃집 숟가락, 젓가락 개수까지 알 정도로 작은 이 마을에 동양에서 온 내가 놀러갈 수 있던 이유는 순전히 친구 덕분이었다. 체코 여행 도중 만난 친구 A는 만난 지 이틀 만에 시골 같은 자신의 동네를 보여주겠다고 했다. 두려움과 호기심이 반반이었다. 그래도 호기심이 좀 더 커 흔쾌히 수락했다. 이런 기회가 아니면 언제 또 체코의 시골마을에 가보겠는가.

초대를 받아 간 친구의 집은 대가족이었다. 친구와 남동생, 그리고 누나와 누나의 남자친구, 부모님까지 함께 살고 있었다. 낯선 이들과 쉽게 어울리는 성격은 아니었지만, 누나의 남자친구가 적극적으로 나에게 관심을 보여주어 어렵지 않게 말을 트게 되었다. 그는 이 동네에 온 한국인은 내가 처음이라고 말했다. 그러고선 마을의 숨은 명소를 모두 보여주겠다는 기세로 나를 자신의 차에 태웠다.

친구의 부모님이 식사를 준비해주시는 동안 우리는 오래된 자동차를 타고 마을을 구경 다녔다. 이미 체코의 대표적인 도시들도 다녀왔고, 양평 골짜기에 있는 우리 시골만 한 동네이니 볼거리가 있을까 싶었지만 의외로 볼거리가 넘치는 마법 같은 공간이었다.

마을 전체를 조망할 수 있는 높은 산에 올라 언제 챙겼는지 모르지만 이슬이 차갑게 맺힌 시원한 맥주 한 캔을 들이켰고, 중세시대에 지어졌지만 몰락한 귀족들이 떠난 이후 방치되어 있던 음산한 성도 구경했다. 성으로 이어지는 작은 동굴에서는 생전 처음 천장에 매달려 있는 박쥐들을 봤고, 시원한 강가에서 여유로운 시간도 보냈다.

저녁식사 시간이 가까워진 우리는 집으로 돌아가기 전 심부름으로 간단한 저녁거리를 사기 위해 마을 슈퍼로 들어갔다. 예전 시골처럼 슈퍼 주인 할아버지와 할머니가 반갑게 맞아주었다. 친구들이 나를 가리키며 아시아에서 손님이 왔다니까 다들 신기해하며 인사를 건넸다. 5미터 전진하면 누구네 삼촌의 양조장, 바로 옆 건물에는 친구의 슈퍼, 건너편에는 누구네 작은 고모댁……. 시골 마을에서 외지인 손님이 왔다고 하면 다들 몰려가 구경하듯 사람들은 인사를 건넬 때마다 손을 잡고 인사를 해주었다.

마을 사람들이 한 명씩 인사를 건넨 덕에 해가 뉘엿거리며 뒷산에 작은 횃불로 보일 무렵 집으로 돌아왔다. 친구의 부모님은 타지에서 여행하느라 고생하는 나를 위해 바비큐 파티를 준비해주시고는 외국에서 사온 값비싼 술을 꺼내 축제 분위기를 연출해주셨다. 접시가 빌 때마다 내 접시에 새로운 고기를 넘겨주시고, 술잔이 빌 때마다 술잔을 채워주신 덕분에 배가 터질듯이 밥을 먹고, 코가 비뚤어질 때까지 술을 마셨다.

여행을 하다 이런 환대를 받을 줄은 꿈에도 상상하지 못했다. 환대라는 단어에 맞게, 이들은 이방인인 나를 반갑게 맞아주었고, 정성껏 대접해주었다. 그동안 이런 정을 잊고 살았다. 낯선 사람이라도, 이방인이더라도 반갑게 맞이해주고 후하게 대접해주는 건 한국만의 정이라고 생각했다. 하지만 근래 들어서 이런 환대를 받은 경험은 없거니와, 나 또한 누군가를 환대한 적도 없다.

낯선 사람을 보면 의심부터 먼저 했고, 누가 나에게 선행을 베풀면 마음의 빚이 남았다. 이런 사랑을 베푸는 건 나에게 원하는 것이 있기 때문이라고 생각했다. 내가 호의를 베푸는 이유 역시 남도 나에게 호의를 베풀 것을 기대하기 때문이었다. 계산적인 정이었다. 그렇게 믿었고, 그 믿음이 깨지는 경험을 몇 번 하다 보니 관계란 정만으로는 이루어질 수 없다는 생각을 갖게 되었다. 참으로 오만한 생각이었다.

세상에는 계산적이지 않은 정도 있다는 사실을 모르고 있었다. 단순히 사람이 좋아서 줄 수도 있고, 베푸는 것에 기쁨이 있는 사람이 있을 수도 있었다. 팍팍한 세상살이에도 자신의 몫을 나눠줄 수 있는 사람들은 언제나 있었다. 나만 모르고 있던 세상이었다.

체코의 작은 마을에서 오랜만에 느낀 정 덕분에 밤이 늦도록 즐거운 시간을 보냈다. 다음 날 국경을 넘어야 한다는 사실도 잊은 채 신나게 놀았다. 해가 질 무렵 시작했던 환대의 파티는 새벽이 되어서야 끝이 났다.

덕분에 아침 일찍 일어나려던 계획은 어긋났지만, 다행히 오스트리아행 여행자 택시를 오후 늦게 예약해둔 덕분에 걱정은 없었다. 그래도 마지막날인 만큼 친구들은 동네의 더 다양한 모습을 보여주겠다면서 이런저런 준비에 여념이 없었다. 친구의 어머니도 바쁘게 늦은 아침을 하며 마지막 배웅을 준비하셨다. 다들 분주한 와중에 가장 여유로운 건 눈치 없는 식객뿐이었다.

아침을 먹고 짐을 쌌다. 하룻밤 묵었을 뿐이니 쌀 짐은 많지 않다. 금세 챙겨 나와 친구들이 준비하는 동안 나는 거실에 앉아 있었다. 친구의 어머니가 슬며시 내 곁으로 오셨다. 그리고 알아들을 수 없는 체코어로 말을 거셨다. 무슨 말인지 알아들을 수 없어 눈만 동그랗게 뜨고 끄덕거리는 내 한 손을 어머니는 꼭 잡으시고 말씀을 이어가셨다. 그러더니 주머니에서 주섬주섬 무언가를 꺼내셨다. 수정으로 만든 작은 천사 조각상이었다.

마침 친구가 들어왔다. 덕분에 체코어로 말씀하셨던 어머니의 말씀을 알아들을 수 있었다.

"앞으로 갈 길이 멀 텐데 남은 여행 즐거운 시간 보내고, 행복한 인생이 될 거니 걱정하지 마렴. 이 천사는 너의 작은 천사를 의미한단다. 네 안의 작은 천사가 너를 지켜줄 거야. 조심해서 다니려무나."

단 하룻밤. 그리고 언제 다시 볼지 모르는 이방인. 외국인. 그럼에도 불구하고 이들은 나에게 모든 정을 보여주었다. 천사상을 받고 감사하다는 말을 전했다. "감사합니다"라는 말이 이렇게 가벼울 줄은 몰랐다. 이토록 큰 환대에 대한 감사함을 담기에는 너무 가벼운 단어였다. 큰 감동을 받아 고마움을 표현해본 적이 없으니 감사함을 표현하는 것이 서툰 탓일까. 환대해준 가족들에게 끊임없이 땡큐를 말하고는 마을을 떠났다. 이후 천사상과 함께한 덕분인지 여행은 순조롭게 끝났다.

"네 안의 작은 천사가 너를 지켜줄 거야."

진짜 천사가 나를 지켜줬는지는 모르겠지만 하루 동안 보여준 이방인에 대한 정과 축복의 한마디가 나를 지켜준 건 맞는 듯했다. 늦었지만 다시 한 번 감사합니다.

31. 기념품과 보고 싶은 사람

 여행을 하면서 기념품 상점을 그냥 지나치기는 힘들다. 평소에 물욕이 없는 사람이더라도 여행을 가면 자연스레 시선이 향한다. 필요도 없는 평범한 냉장고 자석이지만 그 도시나 나라의 특색이 담긴 모양을 하고 있다면 절로 지갑을 열게 된다. 사실 흔한 팬시 샵에서 구할 수 있는 '예쁜 쓰레기'와 다를 바 없다. 집에 있다고 해서 유용하게 쓰이는 것도 아니고, 명품이나 명화처럼 시간이 지나면 가치가 있는 것도 아니다. 그냥 반짝이거나 아기자기하게 꾸며졌을 뿐이다. 그게 전부다. 기념품이라는 이름은 그런 예쁜 쓰레기를 특별하게 만든다. 방 한구석에서 먼지가 폴폴 쌓일 정도로 방치되어 있다가도 이따금 눈에 밟혀 꺼내보면 여행에서의 향수를 아련히 불러온다. 물론 그 기억을 저장하고 싶은 마음 때문에 기념품을 사는 것은 아닌 것 같다.

 억눌려 있던 소비의 욕망이 여행이라는 이름으로 튀어나오기도 한다. 냉장고 자석만일까. 도시의 아름다운 풍경을 담은 엽서나,

다양한 나뭇조각, 심지어 한국에도 있는 티셔츠를 색다른 언어로 쓰인 문구만 있다면 사고 싶은 욕망이 생긴다. 여행이 끝나고 귀국하는 비행기에 오를 때는 오히려 짐이 늘어난 기분이다.

하지만 이런 소유에 대한 욕망만 있는 건 아니다. 기념품을 보면 사주고 싶다는 생각이 드는 사람들이 생긴다. 나를 아껴준 사람이거나, 내가 아끼는 사람이거나, 혹은 그냥 보고 싶은 사람이거나. 가족이나 연인 관계가 아님에도 먼 타지에서 생각나는 애틋한 사람이다. 일종의 애정이다. 애정은 사랑하는 마음이다. 그리고 사랑은 남녀 간의 그리워하는 마음뿐만 아니라 누군가를 아끼는 감정이기도 하다. 아끼고 귀중하게 여기는 마음이 타지에서 새로운 물건을 만나 선물로 나타난다.

자그레브의 돌라츠 야외시장의 노점에서 사람들이 머리 위로 타오르는 태양에 아랑곳하지 않고 장을 보고 있었다. 시장 구경이라면 빠지지 않던 나였지만, 오늘따라 태양을 닮은 주황빛의 크고 단단한 과육의 오렌지나 주렁주렁 매달린 소시지보다 기념품을 파는 어느 노점에 눈이 갔다. 크로아티아의 수도답게 크로아티아 문양을 새긴 자석부터, 목각인형, 엽서 같은 것들이 태양 아래에서 반짝였다. 금속으로 만든 모형에도 역시 크로아티아 국기가 새겨져 있었고, 자그레브 대성당의 작은 모형은 함박눈을 맞으며 스노볼 안에서 울렁였다.

그중 숟가락이 눈에 들어왔다. 나무로 된 숟가락의 손잡이 부분에 '크로아티아'라고 쓰인 투박한 모양새였다. 선배가 홍콩에서 사다준 나무 숟가락과 닮았다.

대학시절 친했던 선배는 언제나 지갑 열기를 주저하지 않았다. 생각해보면 그래봐야 나보다 한 살 더 많은 선배였고, 똑같은 학생인지라 지갑 사정이 궁하기는 마찬가지였을 텐데 말이다. 20대 초반이 아르바이트로 돈을 벌어봐야 얼마나 번다고, 선배는 만날 때마다 술이나 밥을 샀다. 나는 염치없게도 선배가 사는 족족 얻어먹기만 했다.

어느 날 선배는 여행을 다녀왔다면서 판다가 그려진 숟가락과 젓가락을 건넸다. 여행 간다는 말을 듣고 선물 사오라는 농담을 건네긴 했지만, 휘발성이 강한 기억이라 이미 선물을 받을 때는 내가 그런 말을 건넸다는 것도 잊고 있었다. 어디서 밥 굶고 다니지 말라는 농담과 함께 받은 이 선물은 선배와의 마지막 기억이 되었다. 서로 휴학하고, 복학하고, 사회생활을 하는 바쁜 과정 속에서 우리는 20대 초반의 대학생의 기억 속에만 자리 잡은 관계가 되어버렸다. 가끔 추억을 되짚어보며 그때의 관계를 회복해볼까 생각해보지만, 이미 안개처럼 파편화되어 흩어진 기억이라 주워 담기 미안했다. 일종의 부채의식이 되었다.

선배는 나를 애정으로 아껴줬다. 그리고 그 애정으로 여행을 가서 나를 생각해 선물을 사다준 것이었다. 누군가에게 이런 애정을 담은 선물을 준다는 것은 참으로 일방적이다. 그 사람이 언젠가 나에게 다시 돌려줄 것이라 생각하고 주는 선물이 아니다. 특히 그 선물이 기념일이 아닌 이상 다시 갚기 애매하다. 기념품은 심지어 내가 '여행'을 가서도 상대를 생각했다는 것이니 더욱 힘들다. 그러니 기념품은 결국 그냥 선물을 받고 기뻐할 그 모습을 보고 싶기 때문에 준비하는 선물이다. 아이를 기르는 것은 고된 일이지만 그 아이가 주는 단 한 번의 미소로 행복해지는 부모의 마음과 비견될 만하지 않을까 싶다.

그 시절의 숟가락은 지금은 집구석 어디에 있는지도 모르고 까먹어버렸다. 우리의 관계가 손에 잡히지 않는 연기처럼 사라지듯 선물에 담겼던 선배의 마음 또한 내 안에서 사라져 있었다. 애정이 일방적인 선후배 관계라고는 하지만, 너무 무책임하게 사라져버린 것은 내 탓이었다. 서로가 바빠 연락을 하지 못한다는 핑계로 내가 그동안 받았던 감정과 선물을 일방적으로 처리한 것이었다.

3유로의 크로아티아 문양이 박힌 수저를 산 나는 연락처 목록을 뒤져 선배에게 연락을 했다. 잘 지내냐고. 그리고 한국 돌아가면 한번 만나자고. 그리고 보고 싶다고.

32. 행복이라는 프레임

　대학시절 방학을 맞이해 친한 친구들과 함께 일본의 오사카에
갔다. 그동안 친구들과 국내여행은 많이 다녔어도 해외는 처음이
었다. 한국에서 컴퓨터 한 대만 있는 집에 모여도 즐거운 친구들
인데, 함께 해외를 가니 들뜨는 게 당연했다. 숙소도 호텔이나 게
스트하우스가 아닌 일본 영화나 애니메이션에 나올 법한 단독주
택을 일주일 동안 빌렸다. 숙소 위치도 신세카이라고 불리는 일본
맛집거리 근처였다. 하루에 4~5끼씩 각기 다른 일본음식들을 만
나며 하루가 지나가는 게 아까울 정도로 즐기며 놀았다.

　함께 노는 것은 언제나 즐거웠지만 밥만 먹고 놀기에는 여행을
온 이유가 없었기에 이런저런 관광지도 나름 돌아다녔다. 에너지
가 넘친 덕에 우리는 생각보다 빠르게 오사카 전역을 거의 다 훑
어버렸다. 이제 할 만한 구경은 끝났다. 한국이었다면 진즉에 질
려서 피시방으로 가거나 노래방을 갔을 것이다. 하지만 여행을 왔
으면 뭔가 여행다운 여행을 해야 한다는 생각이 들었다. 그래서

하루는 숙소 근처에 있던 오사카 동물원으로 향했다.

그날 오사카의 날씨는 너무도 더웠다. 34도를 웃도는 기온에 구름 한 점 없이 깨끗한 하늘에는 뜨거운 햇빛이 지글대며 쏟아지고 있었다. 타들어가는 태양이 쓰러질 정도로 뜨거웠지만, 입장료도 이미 내버렸고 오늘 하루 갈 곳도 없었다. 그래도 여행다운 일정을 잡았다는 생각에 힘들어도 동물원 안을 돌아다녔다.

하지만 열사병을 일으키기 정말 좋은 날씨였다. 이미 아스팔트에서 올라오는 열기로 신발 밑창부터 뜨거웠고, 땀으로 젖은 티셔츠는 본색을 잃고 소금기의 나이테가 등에 새겨졌다. 한참을 돌아다닌 줄 알고 시계를 보니 이제야 동물원에 들어온 지 20분이 지났다.

심지어 동물원 안에는 그늘도 거의 없었다. 우리도 우리였지만 동물들 역시 이 날씨를 견디지 못해 쓰러져가는 듯 보였다. 특히 북극곰은 이런 뜨거운 날씨 아래에 두꺼운 털옷을 입고 얕은 그늘에서 겨우 숨 쉬고 있었다. 다큐멘터리에서만 보던 2차 세계대전 당시 동물원에서 굶어 죽어가던 동물들이 겹쳐 보이기 시작했다. 동물들도 버티지 못하는 이런 뜨거운 날씨에 우리 역시 함께 죽어가고 있었다. 하지만, 나갈까 고민을 해도 여행을 왔으면 고생도 하고, 여행다운 일을 해야 하지 않을까 하는 생각이 또다시 튀어나왔다.

분명 재밌기 위해, 행복하기 위해 시작한 여행이었다. 하지만 행복을 향한 길의 고단함이 지나쳐 너무나 낯선 내가 보였다. 짜증이 늘고, 서로 누가 집에 가자고 이야기를 꺼낼까 눈치를 보고, 동물들보다 그늘이 눈에 더 들어왔다. 내가 좋아하는 일이고 내가 하고 싶어서 한 여행이었는데 이토록 변질되어버렸다. 끝에 어떤 보상이 있다 하더라도 지금 이 과정의 고통을 보상해줄 만큼 행복할까 싶었다.

여행을 왔으면 "뽕을 뽑아야" 한다는 말도 틀리지는 않다. 하지만 이미 여행을 왔다는 것만으로 이 여행에 들인 시간과 비행기값, 여행경비는 매몰비용이 되었다. 비행기를 타고 이 새로운 나라, 새로운 도시에 왔으면 내가 원하는 수준으로 여행을 즐기면 되는 것이었다. 하지만 마치 뷔페에서 튀어나온 배를 두드리며 억지로 한 입이라도 더 넣으려고 고생하는 어린아이처럼 억지로 돌아다니고 있었다. 행복하고 재밌기 위한 길이 불쾌하다면 그걸 행복이라고 말할 수 있을까.

불행해지기 위해 사는 삶은 없다. 세상 모든 일들은 내가 행복하기 위해 하는 것이다. 하지만 행복하기 위해 가는 길이 모두 행복하진 않다. 굳이 내가 불행하다면 그 길을 걸어야 할까. 그 길 끝에 도달했을 때 내가 그 고통들을 모두 상쇄할 만큼의 행복을 얻지 못한다면 포기할 줄도 알아야 한다. 행복은 일방통행이 아니다.

자세히 들여다보면 다른 길들이 열려 있다. 행복이라는 프레임에 갇혀 일을 하는 듯이 나를 쥐어짜는 짓은 어리석은 일이었다.

　결국 우리는 동물원에서 나와서 수영장 딸린 오사카 찜질방으로 향했다. 동네에서도 할 수 있는 수영, 찜질이지만 뙤약볕의 고통보다는 훨씬 나은 일이었다. 어차피 여행은 재밌기 위해 하는 일이었고, 떠나면서 여행은 시작된 것이었다. 굳이 더 여행다운 일을 찾지 않아도 되었다. 이미 여행을 떠난 이상 행복한 일이었고, 더 행복하기 위해 고난을 찾을 필요가 없었다.

4장

겁 많고, 소심하고, 내성적인 여행자

33. 여행은 훈장이 아니다

슬로바키아의 수도 브라티슬라바 중앙에는 눈보다 하얀 성이 푸른 하늘을 배경으로 마치 구름처럼 서 있다. 높다랗고 뾰족한 고딕 양식의 독일 성들과는 달리 흰색에 아담하고 아기자기하다. 성 앞에는 하늘만큼이나 파란 도나우 강이 한눈에 보이는 드넓은 전망대가 있다. 회색빛의 두꺼운 돌들을 하나씩 쌓아 만든 전망대에 앉아 있으면 내리쬐는 따뜻한 햇빛에 노곤해진다. 유유자적 흘러가는 강물에 구름이 비쳐 함께 흘러간다.

강 너머 저 멀리에는 평야를 타고 지평선이 눈에 선하게 들어온다. 한국에서는 만나기 힘든 넓은 평야를 보니 속이 뻥 뚫린 듯 시원하다. 강이 흐르는 반대쪽으로는 구시가지에 오밀조밀하게 건물들이 모여 있다. 높은 종탑과 붉은 지붕은 흔한 동유럽 같지만 규모가 더욱 작아 소중하다. 장난감 마을 같은 구시가지는 빼곡한 건물들로 틈이 보이지 않는다.

성벽에 잠시 걸터앉았다. 도나우 강을 따라 시원한 바람이 아래에서부터 올라와 머리를 찰랑거리며 장난을 친다. 여유롭고 아름답다. 일정 때문에 이런 아름다운 도시를 하루 만에 떠나야 한다는 사실이 너무나도 안타깝다.

여행의 종류는 다양하지만, 그중 내가 했던 대부분의 여행은 이렇게 짧은 시간 여행하고 곧바로 떠나는 깃발 꽂기 같은 여행이었다. 2~3일에 한 번씩 이동하며 최대한 많은 나라를 돌아다니는 여행이다. 부루마블게임 하듯 한 도시를 가면 이 도시에 들렀다는 흔적만 빠르게 남기고 다른 도시로 이동한다. 그러다 보니 한 도시나 나라에 대해 깊게 파고들면서 여행에 녹아들지 못했다. 빨리 그리고 더 열심히 돌아다니며 발자국을 많이 남기는 것만 목적이었다. 그래서 이처럼 아름다운 작은 보석 같은 도시를 만나고도 금세 떠나야 해서 아쉽다.

문자 그대로 수박 겉핥는 듯한 여행이 되어버렸다. 많은 도시를 돌아다니며 견문을 넓혀야 한다는 사람도 있지만, 체력은 체력대로 소모되고 체류하는 시간보다 이동하는 시간이 많은 탓에 무언가를 느끼거나 쉰다는 기분은 없었다. 새로운 도시에서 눈에 들어오는 것들을 보고 또다시 이동을 반복하니 그 문화에 대한 이해는 전혀 되지 않았다.

이왕 큰돈과 많은 시간을 투자해서 온 여행이니 더 많이 돌아다니고 싶은 욕심도 있었다. 한 번뿐인 여행이라 생각하니 최대한 많은 나라, 많은 도시를 보고 싶었다. 하지만 더 깊은 내면에는 다른 이유가 존재했다. 마치 게임에서 퀘스트를 깨듯 여권에 도장이 찍힐수록, 사진첩 속 분류가 많아질수록 그것만이 내 인생의 유일한 성과라는 생각이 들었기 때문이다.

어제의 나와 오늘의 나는 똑같아 보인다. 어제도 책상 앞에 앉아 있었고, 오늘도 책상 앞에 앉아 있다. 어제 하다 못한 일을 오늘 하고, 오늘 하다 못한 일을 내일 할 것이다. 헛헛하다. 내가 하고 있는 일이 잘 되고 있는지도, 아닌지도 모르겠다. 이런 게 삶인지 하는 고민이 잊을 만하면 한 번씩 다시 떠올랐다. 눈에 띄는 가시적인 성과가 없으니 이게 무슨 삶인지조차 확인할 수 없었다.

지금까지 살아오면서 보상이 거의 없었기 때문이다. 수능을 치르고 난 뒤 입학의 기쁨은 채 한 달을 넘기지 못했고, 공모전이나 각종 대회에서 상을 탄 적도 없었다. 취업해서 회사에 처음 나가는 날부터 행복이 빨리는 기분이었고, 통장에 찍히는 잔액은 보상이라고 하기엔 턱없이 부족했다. 가시적인 성과는 존재할 수 없었다. 살아가는 동안 눈에 보이는 성과와 보상이 있었다면 의욕이 생겨 자존감을 채워주었을 것이다. 하지만 매일같이 반복되는 삶에서 그런 일은 일어나지 않았다. 그리고 보상이 없는 나날들은 감정의 정체를 불러왔다. 그러니 여권에 찍히는 도장만이 유일한 훈장이 되어 매일같이 움직이는 여행을 할 수밖에 없었다.

하지만 이런 식의 여행의 끝은 대개 정해져 있다. 허무함이다. 여행의 목적이 낮아진 자존감을 위한 도피였으니 여행이 끝나고 방으로 돌아오면 허무한 감정만이 느껴졌다. 여행에서 느낀 나의 감정은 순식간에 사라졌다. 따뜻한 날씨의 포근한 냄새, 새로운 것들에 대한 놀라움, 촉촉한 잔디 위에서 즐기던 여유, 모두 사랑스러운 감정이었다. 여행을 인생의 성과와 보상으로 취급하려 하니 이런 감정들은 머릿속에서 쉽게 무시당했다. 그래서 집으로 돌아와 무엇을 했는지 가만히 생각하면 결국 사진으로만 추억이 남았을 뿐이다.

여행 자체를 즐기고자 하는 마음이 없으니 부질없는 행보에 불과했다. 많은 도시를 가고, 많은 나라를 갔으면 그곳에서 느낀 기분, 행복, 놀라움이 나에게 어떻게 다가오는지 생각하는 것이 더욱 큰 즐거움이다. 얼마나 많이 돌아다녔는지는 중요한 일이 아니었다.

결국 훈장과도 같은 여행이었지만 남은 것은 다시 이따금씩 찾아오는 불안한 감정이었다. 솔직하지 못한 여행은 이루어지지 못한 첫사랑처럼 아쉬움만 남겼다. 그래서 가끔은 성과를 위한 여행이 아닌 진득하게 붙어있는 여행을 하고 싶다.

34. 조급함으로 가득했던 나의 여행

　시작부터 발에 땀이 나도록 쉬지 않고 움직인다. 봐야 할 명소가 차고 넘친다. 바삐 움직이지 않으면 시간을 손해 보는 기분이 든다. 시작은 러시아의 수도 모스크바. 붉은 광장의 휘황찬란한 야경부터 테트리스게임에 나오는 바실리 성당, 그리고 푸틴이 살고 있는 어마어마한 규모의 크렘린 궁전까지, 도착 당일부터 혼자 끝없이 걷는다. 높이 솟아 붉은 광장의 정문 역할을 해주는 부활의 문이나 성스러운 카잔 대성당, 사회주의의 모태가 된 레닌의 묘와 같은 굵직한 관광 명소부터 가이드북 구석에 작게 표시된 작은 성당과 박물관까지 돌아다니니 하루에 20킬로미터씩 걷는 일은 예사다.

　짧은 시간 안에 최대한 많이 돌아다닐 수 있게 동선을 한국에서 미리 짜서 왔다. 여기까지 온 시간과 돈이 아깝지 않게, 말 그대로 뽕이라도 뽑자는 심정으로 돌아다닌다. 여행을 벼락치기하는 것이다. 학창 시절 벼락치기를 해서 다행히 시험 성적이 어느 정도 나오더라도 나중에 기억에 남는 것은 없었다. 여행도 벼락치기를 하니 다녀간 곳은 많아도 기억나는 것은 사진으로 남은 것뿐이다. 모스크바의 바람, 도시의 냄새, 어디선가 흘러오는 작은 소리 등 사소한 것들은 전혀 머리에 남지 않는다. 나는 관광으로 도시를 공부할 뿐 여행을 하지는 못했다.

기억에 남는 여행을 하고 싶다면 여행 기간을 늘리면 된다. 배가 고프면 밥을 먹으면 되고, 여행이 아쉬우면 더 머무르면 된다. 당연한 일이다. 사흘 만에 도시를 돌아보는 일정이 아니라 2주, 3주, 혹은 한 달이라는 기간 동안 도시를 둘러봤으면 이런 아쉬움이 없을 것이다.

사실 여행을 준비하면서 일정에 대한 부담감이 있었다. 후련한 마음으로 여행을 떠나고 싶었지만, 여행을 떠나면 남들에게 뒤쳐질지도 모른다는 조급함이 마음속 깊이 있었다. 어렸을 때부터 언제나 듣던 소리 때문이다.

"네가 잠을 자며 꿈을 꾸는 동안 나는 꿈을 이루고 있다."

"오늘 하루 쉬면 내일은 뛰어야 한다."

여행을 휴식이나 새로운 삶과의 만남이라기보다 아무것도 하지 않고 놀고먹는 것이라는 생각이 더욱 컸다. 그러니 일이나 공부에 대한 생각이 끊임없이 떠올랐다. 이로 인해 길지도 짧지도 않은 애매한 일정의 여행을 계획하게 되었고, 여러 도시를 짧게 훑고 지나가야 했다.

　뒤쳐지면 안 된다는 조급한 생각은 여행에서뿐 아니라 살아가면서 때때로 튀어나왔다. 그리고 그러한 조급한 마음이 쉽게 포기하는 삶을 만들었다. 길이 아니다 싶으면 빠르게 포기해 다른 길을 찾았다. 영화감독을 꿈꿀 때는 영화제에 한두 번 떨어지고는 곧바로 나는 능력이 안 된다고 생각해 포기했다. 소설가를 꿈꿀 때도 공모전에 몇 번 떨어지고는 나보다 재능 있는 사람이 많으니 안 되는 길이라 판단하고 포기했다. 일을 하면서도 금세 포기하기 일쑤였다. 나보다 빠르게 달리는 사람들만 바라보고, 그들에게 뒤쳐진다 생각되면 노력한답시고 시간 낭비하느니 포기하고 말았다. 안 되는 길을 고수하면서 늦춰지는 인생보다 조금이라도 더 빨리 달릴 수 있는 길만을 찾아 다녔다.

　어찌 생각하면 어차피 갈 수 없는 길이라면 빨리 포기하는 것도 좋은 방법이다. 괜한 꿈은 사람을 지치게 하니까. 하지만 뒤돌아보면 남는 것은 패배주의에 빠진 내 모습뿐이었다. 조급함으로 인해 이리저리 지름길을 찾아 헤매는 사이 결국 나는 여행도 즐기지 못하는 이도 저도 아닌 모습이 되어버렸다. 그러면서 다른 사람의 노력마저 타고난 재능 덕분이라며 깎아내렸다. 과녁이 사라진 탓에 방향 잃은 화살은 남을 겨누었다. 그리고 어떤 노력도 하지 않으며 편한 길로 발을 돌렸다. 결국 나는 내가 가고 싶은 길은 무엇이었는지 기억도 나지 않게 되었다.

래퍼 데프콘의 노래 중 <아프지 마 청춘>이라는 노래가 있다. 한 때 인기 있던 『아프니까 청춘이다』라는 책을 비꼬면서 자신의 솔직한 심경을 담은 노래다. 예능에 나와서 웃기고 재밌는 모습만 보여준 20년차 가수가 진정성을 담아 부른 이 노래는 나 같은 사람들에게 조언한다.

"그래 여기 서울 삶은 절대 쉽지 않았지. 난 아직도 내가 이방인인 것 같아 미워. 내 청춘의 상징 몸에 밴 라면 냄새, 곰팡이 걷어내고 먹던 밥 때문에 여기까지 온 것 같긴 해. 이런 걸 고생이라 말하고 싶지만 이내 난 잘될 거라 나를 위로하지 않았고, 더 잘되려고 노력했어. 그게 맞아 더. 아프니까 청춘이란 말은 쉽지. 청춘이 아프면 그다음은 어디일지. 위로가 안 되는 그 말은 하지 마요. 빛나야 할 때가 지금이니까요."

어렵고 힘든 길을 걷는 청춘의 삶을 살았지만, 한길을 꾸준히 파서 결국 성공한 40대 래퍼의 성장 이야기다. 그는 조급함 없이 꾸준히 자신만의 길을 걸었다. 무명생활을 10년 넘게 했지만 자신의 음악을 포기하지 않았다. 그리고 이제 과거 자신의 모습이 투영되는 청춘을 위해 이런 노래를 불러줄 수 있게 되었다.

우리의 인생은 생각보다 길다. 그리고 다양한 길이 있을 수 있다. 내가 조바심이 났던 것은 결국 삶을 길게 바라보지 못했기 때문이다. 단지 1년 안에, 2년 안에 성공하고 싶다는 거창한 목표를 바라보고 나보다 빨리 가는 듯 보이는 사람이 있으면 곧바로 포기했던 것이다. 인생이 하나의 긴 동아줄이라고 하면, 나는 인생을 동아줄 안에 있는 한 줄기의 동아 위에 있다가 쉽게 다른 동아로 갈아타며 앞으로 나아가지 않았다. 뒤쳐지면 안 된다는 조급한 생각으로 옆으로만 가다 보니 결국 이도 저도 아닌 상태에 놓이게 된 셈이다.

인생은 길어도 이미 계획한 여행은 짧다. 또다시 바쁘게 움직여야 할 시간이 다가왔다. 다음 여행은 언제일지 몰라도 천천히 걸어가겠다는 생각과 함께 다음 도시로 이동한다. 데프콘의 거친 목소리와 함께 나는 다시 여행길에 오른다.

35. 성벽이 나를 갈라두었다

　크로아티아 두브로브니크는 동유럽의 정수라 할 만하다. 구시가지 안에 붉은 지붕의 오래된 건물들이 촘촘하게 서 있고, 건물들 사이로 대리석 바닥이 넓게 펼쳐져 있어 이곳에 도착한 여행자들은 마치 영화에서만 보던 중세시대에 도착한 기분을 느낀다. 동유럽의 유명 도시들 대개가 이런 분위기지만 웅장한 성벽, 성벽 밖으로 펼쳐진 맑은 바다, 그리고 중세시대의 건물과 요새들이 만들어낸 기이한 분위기는 오로지 이곳에서만 느낄 수 있다. 특히 바다와 산 모두에게서 도시를 지키고 있는 성벽과 요새 덕분에 이 도시는 〈스타워즈〉와 〈왕좌의 게임〉의 배경이 되기도 했다.

　성벽은 독특한 분위기를 만드는 데서 나아가 사람들을 갈라둔다. 안으로 들어서기 전에는 아스팔트 도로 위에 자동차가 다니고, 사람들이 바쁘게 움직인다. 목적지가 있는 사람들이라 서둘러 걷기 바쁘다. 사람들이 걸어 다니는 도로 바로 옆에는 빛나는 아드리아 해가 태양빛을 흠뻑 머금고 어지러울 정도로 푸른빛을 내뿜고 있다. 하지만 주변에 어떤 풍경이 있는지는 별로 중요하지 않다. 나 또한 다른 사람들과 마찬가지로 구시가지를 향해 발을 재촉할 뿐이다. 일상적인 풍경이다.

반대로, 성벽 안으로 들어서면 아스팔트 대신 대리석이 깔려 있고, 세계 여러 나라에서 찾아온 관광객들이 각자의 다양한 언어를 써가며 열심히 거리를 활보한다. 이미 목적지에 도착한 사람들이 대부분이라 이제는 천천히 걸으며 도시의 이색적인 풍경을 즐긴다. 일단 성벽 안으로 들어온 이상 모든 풍경들이 소중해지기 때문에 하나라도 꼼꼼히 보고 즐기고 맛본다. 벽에 쓰인 낙서나 길거리 식당도 한 번 더 보게 된다.

요새처럼 이 도시를 완벽히 둘러싼 성벽 때문에 안쪽 세상과 바깥세상은 서로 다른 세계처럼 보인다. 벽으로 단절된 두 세계는 전혀 다른 공간이다. 하지만 두 세계가 같은 공간에 있고 같은 시간을 공유하는 것 또한 사실이다. 연결되어 있지만 단절되어 있는 아이러니가 끈처럼 이어져 있다.

흔히들 삶을 묘사할 때 계단을 올라간다고 한다. 시간적으로 10대에서 20대로, 20대에서 30대로 한 단계씩 올라가기도 하고, 대학교, 취업, 결혼같이 일련의 단계를 하나하나씩 지나간다. 하지만 삶은 하나씩 올라가는 계단이 아니었다. 고등학교를 가지 못했다고 대학교를 가지 못하는 것도 아니었고, 결혼을 하고 일을 하다 갈 수도 있었다. 또, 계단을 오르지 못했다고 그곳에 평생 머무르는 것도 아니었다. 결정적으로 계단 끝이 죽음이라고 하기에는 너무 슬픈 비유다.

삶은 계단이라기보다 꾸준히 마주치는 성벽 같다. 다양한 선택의 문이 존재하지만 결국 열 수 있는 문은 하나뿐인 성벽 말이다. 문을 열면 또 다른 문을 선택해야 했다. 성벽은 미로처럼 겹겹이 쌓여 언제나 선택의 문제를 내게 던져줬다. 선택의 결과가 어떤 모습인지 궁금해서 미리 보고 싶어도 굳건한 벽 때문에 보이지 않았다. 결국 문을 열고 들어가는 수밖에 없었다. 어떤 문은 열려 있어서 아무 고민 없이 선택했고, 어떤 문은 굳게 닫혀 있었지만 끊임없이 두들겨 열었다. 그렇게 문을 열고 들어가면 새로운 세계가 나왔다.

처음으로 문을 열고 만난 건 대학교였다. 처음 만난 캠퍼스는 말 그대로 큰 성 같았다. 정문부터 엘리베이터가 없으면 오르지도 못할 만큼 거대한 건물이 자리 잡고 있었고, 언덕 위에는 더 높은 건물들이 있어 보기에도 무서울 지경이었다. 5층짜리 건물만 덜렁 있던 고등학교에 비할 바가 아니었다. 고등학생 시절과는 비교할 수 없을 만큼 넓은 공간에는 수십 배나 많은 사람들이 오가고 있었다. 얼이 빠진 채 정문에서 학교를 보던 내 모습은 도시에 처음 도착한 시골쥐처럼 보였을 것이다.

사회의 벽은 더욱 컸다. 물리적인 공간의 벽보다는 그동안 살아온 삶의 모든 것이 변한 기분이었다. 설렘은 없고 두려움만 컸다. 내가 무슨 실수를 할지, 내 실수로 누군가 혹은 내가 어떤 피해를 볼지 전전긍긍이었다. 뒤로 돌아가고 싶지만 돌아갈 길은 없었다. 흔한 쥐구멍 하나도 없었다.

나는 하나로 연결되어 있었지만 단절된 기분이었다. 이상한 괴리감이 생겼다. 내가 선택해서 연 문이었지만, 내가 옳은 선택을 한 것인지 몰랐다. 벽을 만나 선택의 기로에 서는 것보다 더 두려운 것은 한번 선택하면 되돌아갈 수 없다는 것이었다. 그러니 벽 안으로 들어가도 이게 내가 생각하던 삶이 맞는지 고민하게 되었다.

적응이 어려운 이유는 단순했다. 앞으로 나아가려 해도 정보가 없었다. 이전의 나와 현재의 나는 연결되어 있었지만, 현재 사는 세계에 대한 정보는 미미하고 이전 세계에 대한 정보만 있으니 새로운 삶에 적응하기 어려웠다. 그러니 뒤로 돌아가고 싶다는 생각을 하게 되었다. 문을 통과한 나는 과거와 동일한 존재였지만 새로운 정보를 얻지 못했으니 혼란스러웠다.

두브로브니크에서 성벽 안으로 들어가서 구시가지를 돌아다니며 새로운 세계에 대한 정보를 얻고 즐기면서 이런 세상도 있다는 것을 알게 되었다. 하지만 들어가자마자 도시에 대한 모든 풍경과 정보를 얻은 것은 아니다. 하루 종일 돌아다니며 어떤 성벽에서 바다를 봐야 아름다운지 생각도 해보고, 골목마다 가득한 다양한 식당들도 눈여겨보면서 도시에 나름대로 적응해갔다. 새로운 인생의 성벽을 뚫고 난 이후에도 적응이 필요하다.

36. 사라져가는 페이스북과 지난 인연들

글을 쓰다가 오래된 기억을 되살리기 위해 페이스북에 들어갔다. 몇 년 전까지만 해도 하루에도 몇 번이고 들락거리던 SNS다. 대학생 시절에는 페이스북이 거의 필수였다. 아침에 눈을 떠서 지하철을 타고 학교에 가는 내내 들여다보았고, 지루한 수업시간 사이사이 교수님 몰래 친구들이 올린 글을 확인했으며, 집에 들어가자기 전 더이상 볼 만한 게시물이 없어도 무의식적으로 새로운 글을 찾았다. 일종의 중독 비슷한 상태였던 것 같다. 페이스북에 사활을 걸었던 것은 나뿐만이 아니었을 거라 짐작한다.

그런 페이스북을 마치 연락을 끊은 지 오래인 친구처럼 어색해하며 수년 동안 접속하지도 않고 찾아보지도 않았다. 친구들과 찍은 사진을 올려 공유하던 페이지에는 광고만 나뒹굴고 있었고, 수십 개의 댓글로 이야기를 나누던 게시물들은 몇 년 전부터 발길이 끊겼다. 초등학교 앞에 서 있던 낡고 작은 떡볶이집을 바라보는 기분이었다. 다시 찾아가면 옛 기억보다 훨씬 낡고 후미지고, 벽에는 색 바랜 전단지가 떡이 되어 뭉쳐 있는 그런 떡볶이집.

　아직 페이스북에 글을 쓰는 친구들이 있는 듯했지만 이전의 활기는 사라진 지 오래였다. 짧고 화려했던 삶을 마쳐가는 페이스북에는 간신히 인공호흡만 달려 있었다. 인스타그램이라는 새로운 활력 있는 자식을 낳고 연어처럼 사라져가고 있었다. SNS라는 실존하지 않는 서비스임에도 마치 대자연에서 살아있는 유기체의 순환처럼 느껴졌다.

　사라져가는 페이스북에 연민을 느끼며 내가 올렸던 게시물들을 쭉 훑어보았다. 오랜 시간의 길이만큼 길어진 스크롤을 따라 올라가면서 점점 어려지는 나와 만났다. 특히 여행을 자랑삼았던 어린 시절의 부끄러운 흔적들이 가득했다. 언제 어디를 갔고, 무엇을 먹었다는 모든 기록들이 기억에서는 아스라이 떠났지만 페이스북에는 선명하게 남아 있었다. 디지털 일기장인 셈이다. 공개된 일기장이라 감정을 다 드러나지 않고 억누르고 있는 모습이 어렴풋이 보였지만 다시 만난 어린 기억 속의 나의 감정은 다시 느껴졌다. 여행 자랑, 외로움, 기쁨, 회한, 아쉬움 그리고 두려움까지 모두 사진으로, 글로 담겨 있었다.

　페이스북에 대한 연민은 잊혀가는 나의 청춘에 대한 아쉬움이 녹아내린 감정이었다. 씁쓸한 미소를 지으며 살펴보던 옛 추억의 게시물들 아래에는 많은 댓글들이 달려 있었다. 이제는 끊어져버린 관계들이 남은 흔적이었다. 심지어는 얼굴도 이름도 기억이 나지 않는 사람이지만 함께 웃고 떠드는 모습도 있었다. 기억 속에서 잊혀가는 사람들에 대한 추억만큼 그들의 기억 속 나의 모습도 옅어졌을 것이다.

대화를 나누던 수많은 사람들 중 아직까지 꾸준하게 연락을 주고받는 이들은 오히려 손에 꼽을 정도로 좁아졌다. 대학교 동기, 고등학교 친구, 그리고 우연히 여행 중 알게 된 사람들. 더이상 페이스북을 하지 않은 탓인지 아니면 SNS 자체를 거의 하지 않는 탓인지 다양한 관계 속의 사람들이 점점 희미해졌다. 옅은 종이 같은 관계라 사라지는 관계들은 연락이 닿지 않는 이유가 이해가 되었다. 아르바이트를 하는 동안 만났던 사람들이나, 금방 나와버린 학원에서 알게 된 사람들은 긴 기간 혹은 깊은 관계를 맺지 않았으니 흩어져버리는 것이 당연했다. 하지만 보다 끈끈했다고 생각했지만 이젠 흩어져버린 과거가 되어버린 사람들은 눈에 밟혔다. 과거 짝사랑했던 선배, 매일 밤 술 마시며 시답지 않은 이야기를 나누던 친구들, 속이야기까지 터놓고 지내던 좋은 친구들까지 모두 옅은 색으로 페이스북에만 남아 있었다.

세월이 지나면 넓었던 관계는 저절로 좁아진다. 학생 때와는 다르게 삶의 빠른 시간에 적응하기도 어려우니 모든 사람을 다 챙기기는 어렵다. 어찌 보면 그 많은 사람들이 나의 기억 속에서 사라지는 것 또한 자연스러운 일이다. 그리고 생각해보면 그렇게 넓었던 관계망이 힘들기도 했다. 쉬고 싶어도 어쩔 수 없이 불려나갔던 술자리는 얼마나 많았는지. 사람들 없는 곳에서 한 달만 모든 연락을 끊고 살아보면 어떨까 하는 망상도 종종 했던 그 시기가 이제 좁아진 관계 속에서 미화된 것이다.

 하지만 오랜만에 바라본 페이스북 안에서 웃고 떠들던 글들을 보니 알 수 없는 그리움이 찾아왔다. 당장 오늘만의 유희만 그리워하던 시절에 대한 그리움만은 아닐 것이다. 잊혀버린 저 사람들과 함께한 추억만 떠오르는 것은 아닐 것이다. 어린 시절의 나의 과거에 대한 회상만은 아닐 것이다. 무엇인지 특정하지 못하는 그리움이 점차 터지는 바람에 나는 페이스북을 닫아버렸다.

37. 담배와 어른

　러시아의 담배 문화는 신기하다. 강골 이미지의 대통령 푸틴이 담배를 싫어해 가격을 지속적으로 올렸음에도 아직도 낮은 가격 때문에 90년대 우리나라처럼 담배 피우는 사람이 있으면 서로 모르는 사이라도 담배를 나눈다. 담배를 주는 사람도 언제나 다른 사람에게 담배를 얻을 수 있으니 군말 없이 담배를 나눠준다. 나눠주는 것은 여행자라고 해서 예외가 아니다.

　붉게 타는 노을을 받아 더욱 눈이 부셨던 모스크바의 붉은 광장을 나와 골목에서 담배를 한 대 피우고 있었다. 수염을 가슴까지 길렀지만 대머리가 빛나던 한 남자가 다가와 담배를 줄 수 있냐고 물었다. 마치 판타지 소설의 드워프처럼 생긴 남자였다. 주머니에서 담배를 한 대 꺼내 주고 불을 붙여주니 그는 호탕하게 웃으며 고맙다고 했다. 그러고는 한 모금 깊게 빨아들이고 수염 사이로 담배를 내뿜으며 몇 살이냐고 물었다. 외지에서 온 작은 소년처럼 보이는 사람이 담배를 나눠주니 신기한가 보다. 눈가에 주름이 지고 덥수룩한 수염을 가진 남자 옆에 왜소하고 솜털 같은 수염을 가진 남자가 함께 담배를 피우는 모습은 이질적이었다. 마치 어른과 꼬마가 함께 흡연하는 모습을 보는 듯했다. 함께 서 있으니 내가 어른이 아닌 기분이었다.

어렸을 때는 담배를 피우는 나이, 그러니까 스무 살이 되면 어른이 되는 줄 알았다. 미디어 속 무책임한 흡연가의 모습이 공공연했고, 버스나 식당에서 흡연이 사라지기도 전이었으니 그럴 만도 했다. 아무튼 어른에 대한 환상이 담배로 표현되었다. 어른이 되고 싶던 어린 꼬마들은 불량식품인 아폴로를 입에 물고 상상 속의 연기를 후 뱉으며 담배를 피우는 척했다. 그리고 마치 어른이 된 양 으스대며 놀았다.

이 당시 내가 생각하던 어른은 담배만 피우는 것이 아니었다. 어른은 멋있고, 돈도 잘 벌며, 언제나 자신감이 있어 보였다. 스무 살이 되고, 투표권을 얻고, 이제 나도 법적으로 성인이 되었다. 나의 행동에 학교라는 보호막이 더이상 존재하지 않았다. 그래도 어른이라고 불리기엔 부족했다. 어른이 되기 위한 허들은 넘었지만 어른은 머나먼 존재 같았다. 군대를 다녀오고, 학교를 졸업할 즈음 이제 어른인가 하는 생각이 슬며시 떠올랐다.

하지만 나이를 먹을수록 내 머릿속의 어른이라는 관념은 서서히 바뀌었다. 어른이라고 모두가 멋있고 자신감 있는 것은 아니었다.

소심하고 의기소침한 어른들도 있었고, 뭔가 부족해 보이던 어른도 있었다. 다만 취직을 빨리 해 사회생활을 하는 선배들은 어른처럼 보였다. 나도 취직을 하니 정말로 조금 어른이 된 기분이긴 했다. 학교와 공부만 알던 학생에서 처음으로 출근하고, 처음으로 세금도 내고, 처음으로 보험도 알아보았다. 어른들이 말하던 사회의 맛을 보니 어느새 조금 어른이 된 기분이었다. 하지만 처음이 지나고 난 이후부터는 다시 질문으로 되돌아갔다. 내가 어른이 맞을까. 처음 담배를 사거나 투표를 할 때와 다를 바 없었다. 거울을 보면 고등학생 때와 달라진 것이 없어 보인다. 다만 그 시절보다 빠르게 자라는 수염과 퍼석하지만 회복되지 않는 피부를 보면 조금 늙은 것 같기도 하다. 이 얼굴이 어른의 얼굴이었나. 어렸을 때는 빅뱅처럼 어느 순간이 되면 한 번에 어른이 되는 줄 알았다. 스무 살이 되거나 취직을 하면 머릿속에서 폭음이 들리고 어른이 된다고 믿었던 것일까? 이미 어른의 나이지만 어른이라 생각하지 못한다.

"너도 내 나이 돼봐. 가끔 가다 나이 생각하면 놀라지. 벌써 반백 년도 더 살았어."

엄마와 이야기를 나누다 보면 신기하다. 풋풋한 사춘기 중학생 시절 송골매의 노래를 들으며 학교 다니던 기억이 엊그제 같은데 어느새 어른을 넘어 노인으로 향해 간다며 푸념한다.

엄마는 내가 만난 첫 어른이다. 그래서 어린 시절이나 자라고 나서나 지금이나 언제나 어른으로만 보인다. 큰일이 닥쳐도 당황하지 않고, 어려운 일도 복잡하지 않고 쿨하게 처리하는 듯 보인다. 내가 생각한 어른의 모습이 바로 이런 모습이었다. 나이를 먹을 만큼 먹었다고 생각해도 나에게서 찾을 수 없는 단호함, 당당함, 성숙함.

하지만 나이를 먹고 엄마와 술잔을 기울이며 나눴던 이야기 속 엄마는 다른 존재였다. 엄마도 나와 같이 안절부절하기도 하며 당황하였고, 작은 일에도 속상해했으며, 모르는 것도 많았다. 나와 다를 바 없는 모습이었다. 하지만 점점 자라는 나와 동생을, 늙어가는 할아버지와 할머니를, 아프고 바쁜 아버지를 챙겨야 했다. 당신의 선택이 옳은 것인지 확신이 없던 날들도 생겼지만, 책임이 늘면서 점차 그런 마음들을 접어두고 어른인 척하면서 살 수 밖에 없었다.

언제나 어른으로만 보이던 엄마도 당시에는 나와 같은 고민을 가졌었다. 하지만 언제 어른이 되었는지는 모르겠다고 한다. 거울을 보고 주름이 생기는 것보다 나를 낳고, 동생을 낳고, 할머니와 할아버지가 보살핌이 필요해지면서 어른이 되었다.

어른은 외모로 결정되는 것도 아니고, 취직이나 결혼 같은 사회적인 계단을 하나씩 올라탄다고 되는 것이 아니었다. 아폴로로 담배를 피우는 척했던 장난은 흡연으로 이어졌지만, 어른인 척하는 아이일 뿐이었다. 결국 책임이 생기면서 서서히 어른이 되는 것이었다. 산타가 없다는 것을 알게 된 이후부터 어린이에서 서서히 사춘기가 오는 것처럼 말이다. 그리고 나이를 얼마나 먹었든지, 책임이 얼마나 생겼든지 상상하던 어른과 다르더라도 그냥 살아가며 평생 어른이라는 이상을 쫓는다.

38. 동행하실래요?

여행을 하다 보면 새로운 사람 만나기가 쉽다. 한국에서는 관심사가 같거나 특정한 상황이 아니라면 이렇다 할 계기가 없는 이상 새로운 사람을 만나기가 어렵다. 반면 여행에서는 여행자라는 공통분모를 갖고 있기에 초면부터 말을 섞기 쉽다. 무엇보다 같은 한국인이라는 동질감 때문에 호감이 생긴다. 같은 언어를 사용하는 사람들끼리 같은 관심사에 대한 대화를 나누고 작은 농담에도 공감하면서 금세 친해진 기분을 느낀다.

그런 이유 때문인지 여행을 하다 보면 '동행'도 종종 하게 된다. 여행에서 동행은 또 다른 묘미다. 치안이 좋지 않은 동네를 지나야 하는데 혼자 가긴 위험할 때 동행을 구해 안전하게 지나갈 수 있고, 비싼 식당을 가고 싶지만 혼자 가기 부담스러울 때 함께 가 색다른 경험을 할 수도 있다. 장기간 낯선 땅에 있다 보면 외로움 때문에 동행을 구해 시간을 보내기도 한다. 새로운 사람들과 함께 여행하는 재미 덕분에 여행자들 사이에서 동행은 또 다른 경험이 된다. 주변에 동행을 했던 사람들 중에는 여행에서 만난 인연을 한국에서도 이어가 좋은 사이로 남거나, 나아가 연인이라는 낭만적인 사이로 발전된 경우를 보기도 했다.

우연한 만남을 통한 동행도 있지만 같은 여행지에 가는 사람들끼리 출국 전부터 동행을 구하기도 한다. 인터넷이 대중화되기 전에는 대개가 우연히 만난 한국인들끼리 서로 의기투합하여 동행했지만, 인터넷이 발달하고 스마트폰이 세상의 중심이 된 이후부터는 떠나기 전부터 미리 동행을 구하기도 쉬워졌고, 현지에서 즉석으로 사람을 모아 만나는 경우도 생겼다.

많은 사람들이 여행에서 동행으로 새로운 사람들을 만나지만, 내성적인 나에게 동행은 오히려 두려움에 가까웠다. 오랜만에 만난 한국인이 반가워 신나게 이야기를 나누다가도 "아, 그럼 저녁에 뭐하세요? ○○로 같이 저녁 드시러 가시죠?"라는 말을 들으면 선뜻 응하지 못하고 우물쭈물하기 일쑤였다. 우연히 만나서 여행이나 서로에 대한 이야기를 나누는 것은 어렵지 않았지만 그 이상 함께하기는 뭔가 부담스러웠다.

새로운 사람과의 만남이 싫은 건 아니었다. 우연히 만난 한국인과 나누는 대화는 쉽고 재밌다. 오랜만에 편하게 말하면서 여행에 대한 정보도 공유하고 혼자 겪은 소소한 일들도 나누면서 마음속에 가둬둔 응어리를 풀어낼 수도 있다. 여기까지는 문제없다. 그런데 함께 어디로 가거나 더 긴 시간을 보내기는 어려웠다. 대화와 동행에는 큰 차이가 있기 때문이었다.

처음 보는 사람과 나누는 대화는 그 자리를 벗어나면 끝난다. 더 이상 그 사람과의 친밀감을 쌓고 싶지 않거나 대화 주제가 떨어지면 자리에서 일어나도 아무 문제가 없다. 대화에서의 관계는 그 자리에서 일어나는 말투, 자세, 화제의 흥미 여부만 보면 되니 쉽게 이어지고 쉽게 끊어낼 수 있다. 하지만 함께 여행을 하게 되면 그 이상의 고려사항들이 생긴다. 함께하는 여행은 단순한 대화 이상으로 의사소통과 배려가 필요하다.

짧은 시간이라도 함께 여행을 하게 되면 여행에 관한 모든 부분을 서로 맞춰야 한다. 걷는 속도부터 시작해 도시를 감상하는 방법이나 대화의 주제, 쉬는 시기, 심지어는 생리적인 현상도 서로 맞아떨어져야 한다. 이렇다 보니 처음 보는 사람뿐만 아니라 친한 관계에서도 여행을 하다 보면 갈등이 생기기 마련이다. 그런 까닭에 여행에서 만난 사람과 말문은 쉽게 튼다 해도 동행은 어려웠다.

처음 보는 사람과 그저 같이 돌아다니는 것뿐인데 무얼 그리 신경 쓰느냐고 묻는 사람도 있다. 하지만 내게(혹은 나처럼 내성적이고 소심한 사람들에겐) 새로운 관계를 맺는 것이 쉬운 일이 아니었다. 새로 만난 사람과 대화하는 일은 단순히 동네 슈퍼마켓 주인에게 말을 거는 것과 같다. 내가 아는 정보 혹은 재미를 상대에게 주면,

상대는 흥미롭다는 표정과 재밌다는 리액션을 건네준다. 비약이 아니라 사실 이런 구조이다(진심 어린 감정 표현일 때도 있지만). 이런 식으로 대화는 서로 돈을 주고 물건을 사듯 감정이나 정보를 교환하는 것에 그친다. 그러니 쉽게 관계를 끊을 수도 있고 더 신경 쓰지 않아도 된다.

하지만 새로운 사람과 여행을 하게 되면 신경 써야 하는 것이 대화보다는 많아진다. 그 신경 써야 하는 것들에 집중되는 정신에 머리가 아파지니 자연스레 동행을 하지 않게 되었다. 친한 사이라면 상관이 없지만 방금 만나 친하지 않은 관계에서 맞춰가니 힘들었다. 언제부턴가 사람과의 친밀도에 따른 관계를 생각하게 되었기 때문이었다.

결국 새로 만난 사람을 어떻게 대할 것인가라는 문제였다. 배려라는 말은 좋지만 어디까지 상대를 이해해줄 것이며, 어디까지 상대에게 허락을 구할 것인가라는 복잡한 문제가 있었다. 어려운 문제다. 비단 여행뿐만이 아니다. 새로운 사람을 만나는 건 언제나 어렵다. 너무 계산기를 두드려도 안 되고, 내 모든 걸 보여줘도 안된다. 이런 줄타기 사이의 고민이 껄끄러워서 우연한 동행 제의라도 슬며시 거절하게 되었다.

하지만 그렇다고 하기엔 가시 달린 고슴도치처럼 너무 날카롭게 사람들을 대한 것이 아닌가 하는 의문도 들었다. 여행을 많이 했지만, 결국 여행에서 즐거운 추억으로 남은 건 대부분 누군가가 없는 혼자인 내 모습뿐이었다.

편하게 생각하면 되지만 그 편하게 생각하기가 어렵다. 그냥 편하게 사람을 만나고, 하고 싶은 이야기를 하고, 나와 맞지 않다면 적당히 떨어지고, 잘 맞는 사람이면 함께 다니면 되지만, 오히려 어지럽다. 아직도 사람을 대하는 방법을 모르기에 과잉 배려와 착한 사람 콤플렉스가 나도 모르게 튀어나오는 것이 아닐까 싶다. 내가 착한 사람인지는 모르겠지만, 남들에게는 착한 사람처럼 보이고 싶은 욕망이 큰 탓에 오히려 나를 힘들게 하고 있었다.

사람들과 어울리고 싶으면서도 어울리면서 쏟아붓는 감정의 소모가 두렵다. 얼마 되지 않는 감정이라도 혹시나 이 사람이 나를 이상하게 생각하면 어쩌지 하는 쓸모없는 걱정을 하며 거리를 둔다. 언젠가 이 마음의 벽을 허물어야 한다는 건 알고 있다. 그래서 가끔 한 발자국 나아가 새로운 사람들에게 마음을 주려 하지만 피해망상 같은 요상한 마음이 생겨버려 다시 문을 닫고 껍질 안으로 들어가는 달팽이가 되어버린다.

39. 즐거움을 잃은 여가

　한동안 게임에 빠져 살았다. 하루 열 시간 넘게 게임을 했다. 간간이 시간 날 때 심심풀이로 하는 것이 아니라 중독에 가까울 정도로 게임에 빠졌다. 요즘 세상에 게임을 하지 않는 사람을 찾아보기 힘들지만, 이렇게 현실도 내팽겨치고 게임에 빠진 경우는 흔치 않다. 나에게도 흔치 않은 경험이었다.

　사람이 이렇게까지 게임을 할 수 있나 싶도록 했다. 아침이라고 하기도 민망한 낮 열두 시에 눈을 떠서 컴퓨터를 켰다. 게임에 들어가면 친구 중 누군가 이미 접속해 있는 상황이었다. 나도 대충 눈곱만 떼고 현실을 떠나 화면 속으로 들어갔다. 몬스터를 사냥하고 새로운 지역을 탐험하고 어떻게 하면 더 성장할 수 있을지 고민했다. 어느새 다른 친구들도 들어왔다. 우리는 밥 먹는 시간을 빼고는 주구장창 컴퓨터 앞에 앉아 있었다. 틀어둔 음악이 몇 번이나 바뀌고 나서 시계를 슬쩍 보면 벌써 다섯 시간이 지나 있고, 다시 게임에 빠져 있다가 시계를 보면 새벽 네 시였다. 너무 오래 했나

싫으니 침대로 기어 들어가 잠에 들고, 잠든 꿈속에서도 게임하는 꿈을 꾸다 다시 눈을 뜨면 열두 시였다.

재밌는 게임이긴 했다. 게임을 무척 좋아했지만 한동안 재밌는 게임을 찾지 못해 게임 권태기를 맞고 있던 시점에 발견한 최고의 게임이었다. 그러나 재미는 잠깐이었다. 며칠 동안 즐기던 게임은 이내 재미가 시들해졌다. 그래도 게임을 놓지 못하고 눈 뜨면 게임에 다시 접속했다.

어릴 때 뷔페에서 잔뜩 먹고 배가 부른데도 억지로 입에 욱여넣는 기분이었다. 적당히 맛있게 먹으면 행복한 기억으로 남을 텐데 굳이 계속 배를 채워 목구멍까지 음식을 넣고 힘들게 자리에서 일어났다.

처음보다 재미는 훨씬 떨어졌지만 게임 속 세상에서 떠나지 않았다. 현실에 쌓아둔 일이 산더미였지만 그렇게 나는 게임으로 도망을 쳤다.

게임에 빠져 있는 동안 게임은 내게 현실이었다. 참 열심히 살았다고 말할 수 있을 정도로 열심히 했다. 도전에는 언제나 보상이 뒤따랐고, 고통을 참아내고 극복한 이후에는 도파민이 분출되는 쾌감을 느낄 수 있었다. 게다가 지루한 일상과 달리 현란한 볼거리가 가득했다.

현실은 게임보다 즐겁지 않은 세상이었다. 해야 하는 일은 많고,

하기 싫은 일도 쌓여 있었다. 확실한 보상이 있는 경우도 드물었고, 무언가 성취한다는 기분을 느끼는 것은 더욱 드물었다. 재미있는 일도 드물었다.

그렇다고 게임을 하기 전에 현실에서 열심히 산 건 아니었다. 게임이 아니라면 여행을 떠났다. 나를 억누르는 다양한 감정들에 잡아먹히는 기분이 들 때, 해야 할 일들이 쌓여 있지만 외면하고 싶을 때, 혹은 다른 어떤 이유에서 도망치고 싶을 때 언제나 선택한 쥐구멍은 여행이었다. 재미 없는 현실과 다르게 여행은 매일이 새로운 자극이었다. 미래에 대한 걱정이나 현실의 고민이 들이닥칠까 불안해하며 조금이라도 더 많은 구경을 해야 했다. 밤이 되어 숙소에서 나 홀로 침묵과 함께할 때는 낮에 지나친 현실의 고민과 걱정들이 스멀스멀 올라왔지만, 최소한 낮의 다채로운 풍경 속에서는 자유로웠다.

게임을 시작할 때 느껴지던 새로운 세상의 환상이 매일 아침마다 펼쳐졌다. 꿈이 필요 없는 꿈속 세상처럼 여러 고민으로부터 도망치려면 언제든 생각하지 않을 수 있도록 다양한 볼거리와 먹거리가 넘쳐났다. 하지만 도망치듯 떠난 여행의 흥미는 금세 사그라들었다. 일주일 정도 지나니 처음의 신기함과 색다른 감정들은 사라졌다. 여행을 하는 도중에도 한국에 돌아가 밀린 일을 해야 한다는 걱정이 먼저 들었다. 그러면서 여행을 하면서도 우울해졌다. 그럼에도 여행을 끝내지 못했다. 그냥 그러고만 있었다.

게임에 빠진 것과 여행의 궤는 같았다. 도망치듯 들어가서는 빠져 나오기 위해 노력하지 않고 더 도망칠 구석을 찾았다. 처음의 재미는 이미 반감되었다. 게임이나 여행이나 여타 중독되는 모든 행동이 마찬가지다. 중독은 그 자체로 생겨나는 것이 아니다. 도망칠 곳 없는 이들의 도피처이다. 도망치기로 마음먹은 순간 게임이 아니더라도 어딘가 빠져 피폐해진 나를 보지 못하는 것은 매한가지였을 것이다.

게임이 문제가 아니라 내가 문제라는 걸 안 이후에도 버릇을 고치진 못했다. 여전히 그 세계 속에 빠져 있었다. 나가는 길은 분명 존재했지만 엉덩이를 떼고 일어나지 못했다.

아이러니하게 새벽 내내 빠져 있던 게임에서 벗어난 건 어느 날 씨 좋은 아침이었다. 이날도 새벽까지 아무런 생각 없이 게임을 했다. 유달리 햇빛이 강한 어느 날 커튼 사이의 틈을 아침 햇살이 뚫고 들어와 일찍 일어날 수밖에 없었다. 일찍 눈을 뜬 만큼 피곤함은 배로 몰려왔다. 카페인의 강한 힘이 필요했다. 이왕 눈 뜬 김에 집 앞 카페로 가서 시원한 아메리카노 한 잔을 뽑았다. 물감으로 칠한 듯 맑은 하늘과 눈부신 햇빛, 그리고 차가운 커피 덕분에 정신이 좀 들었다.

정신이 들고 나니 여행이 가고 싶어졌다. 도망치듯 떠나는 여행이 아닌 즐거운 여행, 즐기고 싶은 여행, 할 일을 모두 끝내고 여유로운 여행이 하고 싶었다. 게임도 여가를 즐기는 용도로 했다. 성취와 보상의 도파민 분비를 즐기거나 자극적 쾌락이 아닌 흥미를 느껴야 하게 됐다. 여행이나 게임이나 그래야 했다. 즐거움이 사라진 여가는 목적을 잃을 화살에 불과했다.

40. 힘내라는 말 대신 힘 빼

 고등학교 다닐 때 체육시간에 골프를 배웠다. 학교에서 싸구려 웨지를 몇 개 장만해 퍼팅을 하는 수업이었다. 골프 수업이라고 해서 TV에서만 보던 호쾌한 스윙을 기대하던 우리는 실망했다. 긴장도 없고 재미도 없는 수업이 지루해질 즈음 체육선생님은 자신이 쓰던 아이언 클럽을 가져오셨다. 그리고 우리에게 그물을 향해 스윙을 할 기회를 주셨다. 사람은 많고 클럽은 하나라 각자 딱 한 번의 기회밖에 없었기 때문에 신중하게 공을 쳐야 했다. 선생님은 제대로 된 스윙 방법을 알려주셨다. 몸에 힘을 빼고 가볍게 스윙. 하지만 힘이 남아돌던 우리는 힘을 빼라는 소리가 귀에 들어오지 않았다. 그래서 TV에서만 보던 장면을 위해 힘껏 공을 쳤다.
 평소에 TV에서 듣던 골프공 치는 소리는 종을 치는 듯한 명쾌한 소리였다. 하지만 우리가 공을 치는 순간 뚝 하며 썩은 나뭇가지 부러지는 소리가 났다. 우리는 앞선 친구들의 실력을 비웃으며 자기 차례에는 시원한 소리가 날 것이라 기대했다. 그러나 친구들 모두 골프공은 제대로 치지 못하면서 골프채가 이상하다고 탓만 했다. 보다 못한 선생님은 우리를 비웃으며 직접 클럽을 잡으셨다. 그리고 단 한 번에 공을 시원하게 타격해 호쾌한 소리를 직접 들려주셨다.

"힘을 빼고 쳐야 한다니까. 너희들은 어깨부터 발목까지 힘을 꽉 주고 치니까 자꾸 삑사리가 나는 거야."

골프뿐인가? 야구를 할 때도, 탁구를 할 때도, 심지어 낚시를 할 때도 언제나 "힘 빼"라는 말이 빠지지 않는다. 처음 운동을 접한 사람은 몸의 근육들이 긴장해 있기 때문에 움츠러들기 십상이다. 긴장으로 인해 온몸에 힘이 들어간 탓이다. 힘이 잔뜩 들어간 근육을 억지로 쓰니 실수하게 되고, 힘을 빼는 순간부터 수월하고 자연스러운 움직임이 나온다.

가을이 다가올 무렵 운 좋게 휴가를 받아 홀로 제주도로 떠났다. 국내여행을 혼자 온 것은 처음이었다. 휴가 기간이 거의 끝나간 제주도의 게스트하우스에는 스태프를 제외하고는 한산했다. 삼복은 이미 지났지만 태양은 여전히 뜨겁게 바삭거렸고, 해수욕장 곳곳에도 사람들이 아직 남아 늦은 더위를 차가워진 바닷물로 식히고 있었다. 청자의 푸른빛을 담은 듯한 바다는 너울거리는 큰 파도와 거울같이 잔잔한 파도를 번갈아가며 연주했다.

혼자 물놀이를 하기에는 용기가 나지 않아 해변이 보이는 카페에 앉았다. 휴가까지 와서 휴대폰을 보기는 싫어 무음으로 설정하고 가방에 집어넣었다. 그러곤 그동안 읽지 못해 마음의 부채가 있던 오래된 책을 꺼내 읽기 시작했다. 하지만 글자들이 눈에 들어오지 않아 이내 곧 다시 휴대폰을 꺼내 들었다. 분명 쉬기 위해 떠나온 것임에도 다양한 걱정거리들이 머릿속에서 뒤엉켜 있었다.

책임져야 할 문제, 내 책임은 아니지만 어쨌든 해결해야 할 일들, 인간관계에 대한 회의감 등으로 생긴 걱정들이 꼬리를 물고 파도처럼 쏟아졌다. 그 바람에 휴가를 왔음에도 제대로 즐기지 못하고 궁상맞게 카페에서 홀로 끙끙대고 있었다. 나와 달리 해수욕을 즐기던 사람들의 얼굴에는 주름진 인상을 찾아볼 수 없었다. 오직 웃음소리와 서로를 향한 따뜻한 눈빛만이 그들 사이를 메우고 있었다. 가지지 못한 저들의 행복을 부러워하며 괜한 열등감이 슬그머니 생겼다.

굳이 모든 걱정을 혼자 떠안으며 살아갈 필요가 없었다. 긴장하지 않고 살아도 충분히 힘든 세상인데 나 하나 누울 자리 찾지 못한 듯 억지로 몸을 굴리고 있었다. 그리고 그런 열정 아닌 아집 때문에 걱정이 늘어났고, 덕분에 온몸과 정신이 긴장으로 빳빳해졌다. 유전적 탈모가 없다고 자랑하던 풍성한 모발은 점차 가늘어졌고, 노인정의 할머니들처럼 굽은 등과 허리는 펴기도 힘들었고, 위액은 목구멍까지 역류하는 상황까지 놓여졌다. 만나는 사람들마다 이런 나를 보고는 힘내라는 말을 했다. 하지만 돌이켜 생각해보면 힘내라는 말보다 힘 빼고 살라는 말이 더 필요했다.

 힘 빼고 살아야 한다. 온몸의 근육들이 이미 잔뜩 긴장해 있다. 힘이 들어간 근육이 실수를 낳는 것처럼, 걱정 가득한 힘 들어간 삶은 나도 모르는 사이 실수를 낳는다. 골프공에 힘을 싣기 위해서 내 몸에서 힘을 빼는 것처럼, 삶에 힘을 싣기 위해서는 내 안에서 걱정을 빼야 한다. 걱정이 많으면 고민이 많아진다. 고민이 많아지면 실수가 늘어난다. 헤어날 수 없는 뫼비우스의 굴레처럼 실수가 늘어난 삶은 또다시 내 몸에 힘을 넣게 된다. 몸에 힘을 빼라던 선생님의 오래된 말씀은 결국 돌고 돌아 사회의 일부가 된 나에게 돌아오게 되었다.

41. 실망감을 안겨준 도시

　헝가리의 수도 부다페스트는 각종 매체의 "세상에서 가장 아름다운 야경 TOP 3", "동유럽에서 빼놓을 수 없는 아름다운 도시 TOP 5" 등 추천 여행지답게 로맨틱하고 황홀하기로 유명한 도시다. 나 역시 부다페스트로 떠나기 전 책과 인터넷, 지인들에게서 추천을 많이 받았다.

　부다페스트에 도착 후 여행지에서의 여느 때와 마찬가지로 아침 일찍 숙소에서 나와 빠르게 도시 곳곳을 구경하며 돌아다녔다. 태양빛에 뜨겁게 빛나는 도나우 강부터 요새처럼 서 있는 멋진 부다 궁전, 그리고 구시가지의 아름다운 성당들을 비롯해 볼거리는 많았다. 시간이 멈춘 듯 반짝이며 빛나는 강물은 눈이 부셨고, 사람들의 얼굴에는 웃음이 흘러 넘쳤으며, 휴대폰 사진에 찍힌 도시 곳곳이 엽서 같았다.

　이렇게 완벽한 도시였지만, 왠지 모르게 큰 감흥이 없었다. 보통 여행을 떠나 새로운 도시를 만나면 희열이나 신기함 같은 감정이 올라오는데, 이 도시에서 그런 느낌을 받기가 힘들었다. 몇 주에 걸쳐 같은 문화권을 돌아다닌 탓에 이 도시만의 매력을 찾지 못했거나 너무 짧은 체류기간 때문일 수도 있다.

이미 이곳을 다녀온 친구들이나 인터넷 지인들은 부다페스트에서 본 멋진 풍경들을 예찬하며 빼놓지 말라고 사정하다시피 추천했었다. 하지만 나에게 부다페스트는 버스를 타고 지나쳐온 시골 소도시와 다를 바 없는 도시였다. 너무 큰 기대, 또는 여행을 갔으면 당연히 남들 다 가는 명소를 봐야 한다는 강박심이 문제였나 싶기도 했다. 사람들이 이 도시를 예찬한 이유를 찾을 수 없었다. 어디서 야경을 봐야 예쁜지, 어디가 사진이 잘 찍히는 포인트인지 미리 공부도 했고, 꼭 가야 하는 레스토랑이나 유명지도 둘러봤지만 이 도시에 마음이 가지 않았다. 결국 부다페스트에 머문 지 사흘 만에 허무한 마음으로 크로아티아로 떠났다.

헝가리 바로 밑에 위치한 크로아티아는 헝가리와는 다르게 모든 도시, 모든 풍경이 매력적으로 다가왔다. 수도인 자그레브는 유화처럼 알록달록 아름다웠고, 플리트비체 국립공원은 영화 <반지의 제왕>에 나오는 엘프들이 살 것 같이 생긴 폭포와 숲에 눈이 돌아갔다. 차라리 부다페스트가 아닌 여기에서 시간을 더 보낼 걸 하는 아쉬움이 생겼다.

줏대 없이 남들이 가는 대로 따라가느라 내 귀중한 시간이 낭비

되었다. 어찌 보면 여행은 단기간에 고투자로 행복을 얻기 위한 길이다. 그리고 짧은 시간 동안 비싼 돈을 내 최고의 효율을 뽑는 방법은 '실패하지 않는 것'이다. 그래서 실패 확률을 줄이기 위해 남들의 눈과 귀를 빌려 여행지를 선택했다. TV, 책, 인터넷 등 수많은 매체들의 추천으로 여행지를 고르면 최소한 실망하지는 않을 것이라 생각했다.

내가 원하는 게 무엇인지는 생각하지 않았다. 어디가 예쁘니 모여드는 사람들을 따라 나도 갔고, 어느 레스토랑이 좋다고 하니 나도 갔다. 내가 보고 싶은 여행지는 고려 대상이 아니었다. 내 취향이나 주관보다 중요한 건 실패하지 않는 것이었다. 비단 여행뿐만이 아니다. 영화를 볼 때도 내가 좋아할 만한 영화가 아니라 평점을 보면서 고른다. '유명한 감독이 만들었다' 혹은 '배우의 연기력이 믿을 만하다' 등 사람들의 평가가 선택의 이유였다. 식당을 가기 전에도 인터넷으로 평가를 확인하고 다녔다. 누가 추천했는지, 어느 방송에 나왔는지가 고려 대상이었다.

물론 사람들의 의견을 들어서 나쁠 건 없다. 고민의 시간을 줄여준다. 무엇보다 많은 사람들의 반대에는 이유가 있다. 서비스 품질이 내가 지불한 값어치를 못할 수도 있고, 상품의 품질이 기대 이하일 수도 있다. 무작정 남의 의견을 무시하고 남들의 행동에서 벗어나는 것만이 옳은 길도 아니다.

다만 내가 무엇을 좋아하는지 아는 상태에서 의견을 듣는 것과 내 취향도 모르면서 좇아가는 건 다르다. 후자는 맹목적인 추종이지만, 전자는 선택의 기준이 '나'이기에 주체성을 가지게 된다. 맹목적으로 남들이 보니까 따라 보고, 남들이 가니까 가는 삶이 아니라 내가 선택을 하게 된다. 내가 선택의 주체가 된다는 건 내가 나의 기호를 안다는 것이고, 내가 무엇을 좋아하는지 안다는 것이다.

내가 무엇을 좋아하는지 아는 건 중요하다. 내가 무엇을 좋아하는지 알아야 나의 행복을 스스로 찾을 수 있다. 나의 취향을 알고 고르는 선택은 스스로 선택한 것에 대한 자부심을 갖게 해주고 행복을 찾을 수 있게 해준다. 퇴근길에 편의점에 들러 내가 좋아하는 라면을 사 와 집에서 끓여 먹으면 '아, 이거 사기 잘했다'라는 말이 나온다. 내 선택으로 고른 라면의 행복도 이렇게나 만족스러운데 다른 선택들은 어떨까.

여행을 할 때도 단순히 남들의 길을 가지 않고 내가 좋아하는 여행을 택할 수 있고, 밥을 먹어도 평점이 높은 음식을 고르는 것이 아닌 내가 좋아하는 음식을 택할 수 있어야 한다. 결국 이런 선택들이 내가 좋아하는 길로 나를 이끌어준다. 취향을 안다는 것은 내가 무엇을 좋아하는지 아는 것을 넘어 나의 행복을 향한 길이다.

42. 두 가지 시선

 인도에 간다고 하니 주변 사람들 모두가 너무 위험하다면서 합심해 뜯어말렸다. 세상에 위험이라는 말이 이렇게나 다양한 의미로 사용되는지는 몰랐다. 친구들은 인도에서 일어난 폭행, 강간, 살인 등 강력범죄 뉴스를 들려주며 이런데도 가고 싶냐며 핀잔을 주었다. 수의학을 공부하던 친구는 장티푸스, 이질 같은 질병이나 기생충의 위험에 대해 매일 늘어놓으며 여행을 막았다. 부모님도 인도에서 일어나는 다양한 시위나 중국, 파키스탄과의 분쟁을 열거하며 여행을 반대하셨다.

 인터넷에 올라온 인도에 대한 글들은 더 비관적이었다. 이건 위험 수준을 넘어섰다. 인도는 도덕성이 결여된 국가로 매일 사건이 멈추지 않고 터지는 소돔과 고모라였다. 유황불이 떨어지기 직전의 인도에 대한 부정적인 글들이 차고 넘쳤다. 이 정도면 인도는 지상 최악의 국가로 사업을 제외한 전 국민의 인도 출입을 금해야 하지 않을까 싶다.

하지만 여행 좋아하는 사람들의 이야기를 들어보면 인도만큼 매력적인 여행지가 없다. 우선 거대한 땅덩이만큼이나 기후도 지역에 따라 각양각색이다. 히말라야 같은 고산지대, 갠지스 강 유역의 하천지대, 뭄바이가 면해 있는 인도양, 심지어는 사막이나 정글도 만날 수 있다. 뿐만 아니라 아시아의 용광로처럼 다양한 문화들이 한데 섞여 신비함으로 다가온다. 이런 인도의 풍부한 관광상품들은 언제나 여행자들을 유혹했다. 가히 여행자들의 성지이자 배낭여행의 메카라고 볼 수 있다. 인도를 한 번이라도 다녀온 사람들은 또다시 찾는다고 하니 여행자들 사이에서는 마성의 국가인 셈이다.

인도여행에 대한 인식은 이렇게 극단을 달린다. 그래서인지 인도를 간다고 하니 말리는 사람과 추천하는 사람들이 나뉜다. 그런데 신기하게도 여행을 말리는 사람은 인도여행의 멋진 부분이나 환상에 대해서는 절대 언급하지 않고, 알지 못하는 경우가 부지기수였다. 반대로 여행을 추천하는 사람은 인도의 치안이나 안전문제에 대해 크게 경고하지 않았다. 위험할 수 있다는 말은 건네도 구체적인 치안의 정도에 대해서는 언급하지 않았다.

자신이 경험하지 못한 측면에 대해서는 알지 못하는 것이 당연하다. 우리는 경험으로 축적된 방향성을 지니기 때문이다. 하지만 내 경험에 반대되는 경험을 인식하려는 시도조차 하지 않고 단편적인 모습으로 평가를 내리곤 한다. 그리고 그 절반에 미치지도 못하는 측면의 경험으로 세상을 반쯤 가리고 살아간다. 이런 말을 하는 나 역시 편협하게 세상을 바라보기 일쑤였다.

영화 <나는 전설이다>는 결말이 두 개로 되어 있다. 좀비가 창궐하는 시대가 도래하고 주인공인 샘은 홀로 뉴욕에서 살아남기 위한 처절한 싸움을 이어간다. 의학 전문가였던 샘은 낮에는 생존을 위한 투쟁을 이어가고, 밤에는 포획한 좀비로부터 바이러스 치료제를 연구한다. 그는 살아있는 생존자들을 안전한 자신의 보금자리로 데리고 오기 위해 라디오 방송을 보낸다. 다행히 이든과 안나라는 어린 꼬마와 젊은 여성이 샘을 찾아오게 되었다. 하지만 좀비들은 이들의 근거지를 알아내 급습하고, 샘은 어쩔 수 없이 바이러스 치료 효과가 있는 샘플을 안나에게 건넨다. 그리고 이든과 안나를 버몬트에 있는 생존자 캠프로 보내고 자신은 좀비들과 싸우며 시간을 벌어주다 장렬히 산화한다.

비슷한 시기에 이 영화를 본 친구와 함께 이야기를 나눴다. 주인공이 죽는다는 충격적인 결말 덕분에 영화 전체의 분위기가 더욱 뇌리에 꽂힌다는 말을 꺼냈는데, 친구는 엉뚱한 소리를 했다. 주인공은 살아서 이든과 안나와 함께 생존자 캠프로 떠났다는 것이다. 순간 친구가 영화 마지막 부분까지 보다가 졸았나 싶었다. 바로 전날 영화를 봤기 때문에 내 기억이 더 확실하다 여겼고, 결국 영화의 내용이나 메시지보다는 결말에 대해 목청 높여 이야기하다 말싸움 직전까지 가게 되었다.

알고 보니 결말이 두 가지였다. 내가 본 버전은 극장판이었고, 친구가 본 버전은 감독판이었다. 서로 같은 영화를 봤지만 다른 결말만 생각한 채 이야기를 나누었던 셈이다. 그러다 보니 영화 전체적인 메시지로부터 받아들이는 방향 자체가 달랐다. 우리는 평행선 위에서 싸우고 있었다.

같은 영화에 다른 결말만 두고도 이렇게 다른 말이 나온다. 사람들이 논쟁을 할 때도 서로 다른 측면만 바라보며 이야기를 할 때가 많다. 그리고 이 다른 방향의 논쟁들은 결국 발전 없는 감정 소모의 싸움으로 번지게 된다. 자신이 본 것이 진짜라고 철석같이 믿는 바람에 타인의 시선은 인정하지 못하게 된다. 마치 장님 코끼리 만지듯이 일부만으로 전체를 판단해 자신의 시선으로 재단한다.

사람들의 충고를 받아들일 때도 한쪽으로 치우쳐서 듣게 된다면 포기하는 부분이 많아진다. 여행을 넘어 취업, 이직 혹은 결혼이나 자녀교육과 같은 많은 부분에서 우리는 먼저 경험한 사람들의 충고를 듣는다. 하지만 그들이 경험한 측면으로만 이야기를 듣게 되고, 다른 부분에 대한 파악은 쉽게 포기한 채 단편적 경험을 사실로 받아들이게 된다.

흔히 말하는 꼰대가 되는 것이 바로 이런 것이 아닐까 싶다. 단순히 "나 때는 이랬다"라는 말이 꼰대로 만드는 것이 아니다. "내가 먼저 경험해봤으니 무조건 그건 내 말을 들어야 한다"라는 말이 경험의 공유를 꼰대로 바꾸는 논리적 모순을 낳게 된다. 적은 정보를 바탕으로 이루어지는 귀납법은 오류가 생길 수밖에 없다. 이미 일어난 경험이나 시선이 있으니 반드시 틀린 것은 아니다. 하지만 다른 방향이 나타날 수 있다는 사실을 잊어버리고 시야를 닫아버리는 문제가 생기니 문제이다.

　다른 사람의 단편적인 시선만으로 포기하기에는 이 세상에 아쉬운 것들이 더 많다. <나는 전설이다>는 내 생각과 다른 방향으로 바라보니 훨씬 더 깊은 내용을 담고 있었다. 반대를 무릅쓰고 출발한 인도에서는 다양한 사건, 사고가 있었지만 생각보다 위험하지는 않았다. 그리고 많은 여행자들이 말하듯이 감동적이거나 감명 깊은 순간은 생각보다 드물었다. 세상은 어두운 측면이 있는 만큼 밝은 측면이 존재했고, 밝아 보이지만 어두운 면도 존재하듯이 모든 경험은 이분법의 면이 아니라 다차원의 세계에 존재한다.

43. 지금 이 순간에 자네 뭐 하는 건가

　화려한 겨울궁전으로 대표되는 상트페테르부르크는 가히 러시아의 보석이라 할 수 있다. 표트르 대제가 심혈을 기울여 건설하고 예카테리나 2세가 유럽풍으로 꾸민 이 멋진 도시는 모든 곳, 모든 순간이 아름답다. 계획도시답게 도로가 쭉쭉 뻗어나가 시원한 맛이 있다. 거기에 모든 건물이 4층, 5층으로 비슷한 높이로 지어져 정제된 화려함을 자랑한다.

　보기만 해도 기분 좋은 도시지만 상트페테르부르크에는 더 특별한 모습이 있다. 대문호 도스토옙스키의 장편소설인 불멸의 명작 『죄와 벌』이 이 도시를 주 무대로 삼고 있다는 점이다. 물론 도스토옙스키가 소설을 쓰던 시기의 상트페테르부르크는 이렇게 깔끔하고 아름다운 모습이 아니라 극심한 빈부격차와 그로 인한 비위생적이고 불쾌한 느낌이 강한 도시였다. 때문에 도시를 먼저 만난 뒤 소설 속 상트페테르부르크의 모습을 상상한다면 이해가 되지 않을 수도 있다. 더욱이 소설 속 주인공과 주변 인물들의 비정상적이고 퇴폐적인 모습을 닮은 도시와 비교해 지금의 상트페테르부르크는 거의 새로운 도시나 다름없다. 그래도 이 아름다운 도시를 차갑고 비참한 소설 속 도시로 상상해볼 수 있다는 사실 자체가 흥미로웠다. 애초에 이 러시아 여행을 시작하게 된 계기가 이 소설 때문이었다.

주인공의 이름을 외우기조차 어려운 이 소설을 나는 군대에서 만났다. 밖에 있었더라면 손도 대지 않을 정도로 어렵고 두꺼운 책이었다. 하지만 휴대폰도 없고, TV가 있지만 원하는 채널을 볼 수 없는 그곳에서 시계 초침이 움직이는 것만 보자니 심심해서 견딜 수 없었다. 할 수 있는 게 아무것도 없으니 책을 들었다. 러시아 문학의 특징인 어렵고 길고 많은 이름 탓에 처음엔 당황스러웠지만 어느새 빠져들어 한 장씩 책장을 넘겨가며 읽게 되었다. 쉬는 시간, 개인정비 시간, 주말에 조금씩 읽어가니 한 달쯤 되어 다 읽을 수 있었다. 아무래도 오래 걸리긴 했다.

오히려 천천히 읽은 덕분에 러시아 문학이라는 새로운 세상에 눈을 뜨게 됐다. 이후에는 『카라마조프가의 형제들』, 『안나 카레니나』 등 다른 책도 도전하게 되었고 결국에는 러시아 여행서까지 눈독을 들였다. 그리고 마침내 러시아 여행길에 오르게 되었다.

신기한 연결고리다. 브라질의 나비 날개짓이 대기에 영향을 끼쳐 저 먼 텍사스의 토네이도가 되는 나비효과처럼 우연히 책장에

꽂혀 있던 러시아 소설이 여행으로 이어졌고, 그때의 일을 이렇게 글로 적고 있다.

어찌 보면 세상은 이렇게 단순한 다발들이 연결되어 있다. 서로 아무 관계없는 듯 보이는 사소한 일들이 연결되어 큰 사건이 되어 버린다. 작은 내 방에서 일어난 작은 일이 작은 생각으로 발전하고, 점점 커지면서 나비효과를 일으키듯 말이다. 오래전의 작은 일이 나도 모르는 사이에 다시 튀어나와 내 삶에 영향을 준다. 아무 상관없다고 생각했던 일들이 다시 튀어나와 나를 도와주기도 하고 괴롭히기도 한다. 그 변화가 부정적일 수도, 긍정적일 수도 있지만 그건 아무도 모른다.

과거의 일이 현재에 영향을 준다는 건 현재가 곧 미래에 영향을 준다는 말이기도 했다. 다발로 이어진 긴 끈 같은 인생에서 내가 했던 지난 일들이 조금씩 모여 지금의 내게 나비효과를 일으킨다. 그러니 지금의 내가 느끼는 모든 순간과 내가 하는 모든 일들이 조금씩 모여 우연이든 필연이든 미래의 나에게 다시 영향을 줄 것이 당연하다.

어떤 선택을 했든 바꿀 수 없는 과거와 다르게 미래는 지금 내가 선택하는 방향에 달렸기 때문이다. 그렇다면 내가 해야 할 일은 단 하나다. 무엇을 하든 나중에 어떤 일로 돌아올지 모르니 지금 하는 일에 후회 없이 집중하는 것이다.

도스토옙스키의 책으로 시작했던 긴 여행은 니코스 카잔차키스의 책으로 끝났다. 책에 담긴 장엄한 풍경의 크레타 섬은 일정상 갈 수 없었지만 지중해의 아름다운 풍경은 만날 수 있었다. 파도가 장난치듯 출렁이는 바다 풍경이 펼쳐진 해변 카페에 혼자 있으니 또다시 할 일이 없어졌다. 여유로움과 지루함은 한 끗 차이이니까. 그래서 또 다시 책을 집어 들었다. 『그리스인 조르바』다. 여행 전부터 이 책은 꼭 그리스에서 다시 읽어야 의미가 있다고 생각했기에 챙겨갔다. 조르바가 한 말이 잊히지 않았기 때문이기도 했다.

"나는 어제 일어난 일은 생각 안 합니다. 내일 일어날 일을 자문하지도 않아요. 내게 중요한 것은 오늘, 이 순간에 일어나는 일입니다. 나는 자신에게 묻지요.

'조르바, 지금 이 순간에 자네 뭐하는가?' '잠자고 있네.' '그럼 잘 자게.'

'조르바, 지금 이 순간에 자네 뭐 하는가?' '일하고 있네.' '잘해보게.'

'조르바, 자네 지금 이 순간에 뭐 하는가?', '여자에게 키스하고 있네.', '조르바, 잘 해보게. 키스할 동안 딴 일일랑 잊어버리게. 이 세상에는 아무것도 없네. 자네와 그 여자밖에는. 키스나 실컷 하게.'"

머무르는 곳마다 주인이 되어라. 지금 있는 그곳이 진리의 자리다. '수처작주 입처개진隨處作主 立處皆眞'이라는 말과 일맥상통하는 문장이다. 언제 어디서 어떤 상황에 놓여 있든 지금 내가 무엇을 하는지가 중요하다는 말이다. 인생의 모든 순간들이 하나로 모여 나를 만든다. 아무리 사소한 일이라도 내가 지금 무엇을 하고 있는가를 알고 지금의 나에게 집중할 것, 그것이 바로 과거의 나와 미래의 나, 그리고 현재의 나에게 미안하지 않을 일이다.

그래서, 지금 이 순간 나는 뭘 하고 있는 걸까?

44. 인간을 닮은 신

　그리스 하면 떠오르는 유적지 중 하나가 아크로폴리스의 파르테
논 신전이다. 이미 수백 년 전 무너졌지만 황금비율의 아름다운 모
습의 신전에는 아직도 수많은 사람들이 찾아온다. 아크로폴리스
북쪽의 작은 언덕에는 헤파이스토스 신전이 있다. 파르테논 신전
과 다르게 수천 년 전에 건축되었지만 여전히 그 모습이 잘 보존되
어 있다. 거친 비바람의 흔적은 있을지언정 인위적인 충격이나 파
괴는 찾기 어렵다. 신전 안쪽의 모습까지도 거의 그대로 보존되어
있다. 그리스 신화의 본고장인 아테네를 돌아다니다 보면 여러 신
전들의 흔적을 만날 수 있는데 이렇게 온전한 모습은 찾기 어렵다.
그럼에도 아직 복원 중인 아테나 여신의 파르테논 신전, 신들의 신
제우스의 신전과 달리 찾는 사람은 드물다.

　아테나 여신의 파르테논 신전이나 제우스의 신전은 거의 뼈대만
앙상하다. 파르테논 신전은 아직 완전히 복구되지 못하고 지붕조
차 온전치 못하다. 제우스 신전의 상황은 파르테논 신전보다 더 심

하다. 벽은커녕 아직도 복구되지 않은 기둥들이 널브러져 있다. 큰 공터에 버려진 기둥 조각들이 조립을 기다리고 있는 판국이다. 그럼에도 이 불완전한 신전들은 수많은 사람들의 관심을 받고 있다. 도시의 상징이자 전쟁과 지혜의 여신으로 신화에서 꾸준한 활약을 한 아테네, 천둥의 신이자 신 중의 왕으로 올림푸스를 지배하는 제우스의 신전이기 때문일까. 신전 주인들의 유명세는 수천 년이 지난 지금까지도 여전해 많은 사람들의 이목을 끌고 있다.

그에 비해 온전한 모습의 헤파이스토스 신전은 스포트라이트를 받지 못하고 있다. 아고라 광장의 한쪽 끝에 홀로 자리 잡은 신전은 크기나 명성의 초라함 때문에 점점 잊히고 있다. 헬리오스의 마차 같은 태양이 비추면 빛나는 파르테논 신전과 다르게 헤파이스토스의 신전은 싸늘하다. 오히려 완전한 모습을 갖추고 있음에도 불완전한 모습의 신전들보다 더 초라하다. 신전에는 사람 손때와 먼지가 온 기둥에 발라져 있고, 이끼가 생긴 벽에 곰팡이도 슬었다. 여기저기에 버려진 무덤처럼 잡초도 나뒹굴고 있다.

사실 신전의 주인도 신화의 주무대에서는 상대적으로 밀려나 있다. 도시를 빛내는 연예인 같은 신도 아니고, 천둥을 다루거나 죽음을 관장하지도 않는다. 화려한 스포트라이트보다는 어두운 작업실이 어울리는 신이다. 헤파이스토스는 제우스와 헤라의 아들로 태어났지만(제우스가 아테나를 낳은 것을 질투한 헤라가 혼자 낳았다는 설도 있다) 추한 모습에 구름 위에서 던져져 절름발이가 되고 말았다. 이후에도 신화상에서 아테나, 아레스, 헤르메스 같은 다른 신들처럼 큰 활약은 하지 않는다. 거의 모든 시간을 화산 아래에 있는 자신의 작업실에서 대장장이 일만 하는 신으로 묘사된다. 다른 신처럼 날아다니는 능력이나 있는지도 모르겠다. 외모조차 비루해 못생겼다는 표현이 차고 넘치는 신이다.

그런데 그런 헤파이스토스에게 오히려 정감이 더 간다. 평범한 인간의 모습을 닮아서일까. 다른 신들과 다르게 화려한 삶을 살지도 않았고, 초월적인 존재처럼 느껴지지도 않는다. 오히려 매일같이 같은 작업을 반복하는 개미 같은 인간처럼 자신의 작업장에서 묵묵히 하루를 이어나간다. 초월적 신이라기보다는 인간에 가깝다.

그는 언제나 일을 하고 있다. 구름 위의 올림푸스에서 연회가 열려도 그는 보통 자신의 작업실에서 무언가를 두들기고 있다. 같은 신이더라도 밀린 일을 처리해야 하기 때문인지, 그런 삶이 자신과는 맞지 않아서인지 몰라도 그가 연회장에 올라가는 일은 드물다. 인간과 다를 바 없다. 그렇기에 더욱 반갑다.

헤파이스토스의 신전을 찾아갔을 때 신전은 마치 버려진 집 같았다. 신전을 찾는 사람이 한 명도 보이지 않았지만 마음은 편안해졌다. 외람된 말이고 불경스러운 말일 수 있지만, 신전 앞의 작은 바위에 앉으니 오래된 절에 앉아 있는 기분이 들었다. 조용하고 모든 기운이 가라앉으며 차분해졌다. 무한한 삶을 사는 신임에도 인간과 비슷한 고민을 안고 비슷한 하루를 반복하며 살아간다는 데서 위안이 되었다.

45. 무대의 주인공

혼자 여행을 가면 보통은 게스트하우스에 묶는다. 호텔처럼 좋은 곳에 큰 관심도 없고, 숙소는 단지 잠만 자는 곳이라 생각해 저렴한 곳을 찾아다니기 때문이다. 남들이 코를 골아도 잘 수 있고, 길바닥에서도 졸 수 있을 정도로 무던하다. 밤에 심심하니 게스트하우스을 찾아온 다른 여행자들과 이야기하는 것도 나름 재밌다.

모스크바의 게스트하우스 역시 그런 곳이었다. 여행자들뿐 아니라 일하러 온 사람이나 학생들도 살고 있었다. 일종의 고시원 같은 역할이지만 나름 자유가 있는 곳이랄까. 남들에게 관심 갖지 않고 조용히 자기 할 일 하다가 심심하면 놀러온 여행자들에게 관심을 보였다.

그곳에서 만난 A 역시 일하기 위해 잠시 모스크바에 들른 친구였다. 두 달 정도 체류해야 하는데 호텔은 비싸고 그렇다고 집을 구할 수는 없으니 게스트하우스에 머물고 있던 것이었다. 해가 저물고 할 일 없는 사람들이 거실로 조금씩 모이며 조용히 자기에게 집중하던 시간이었다. 나도 노트북을 들고 거실에 앉아 있었다. 그런 내 옆에 A가 앉더니 한글로 이것저것 검색하던 내 화면을 보고는 자기도 한국에 가본 적 있다며 말을 걸어왔다.

A는 밴드의 베이시스트다. 유명 밴드는 아니고, 정확히 무슨 일을 하는지 기억나진 않지만 직업이 따로 있다. 그런 그는 돈을 버는 직업보다 음악가로서의 정체성이 더욱 확실했다. 그가 활동하는 밴드는 인디밴드 중에서도 인디밴드였다. 그렇다면 그의 밴드 활동을 취미생활쯤으로 생각할 수도 있지만, 그는 자기들 노래에 대한 자부심이 대단했다. 그렇다고는 해도 마을 술집에서 연주하고 출연료를 받는 정도였으니, 아마도 세미프로와 아마추어 사이의 어딘가에 있는 밴드였을 것이다.

베이시스트라고 하니 뭐라 할 말이 없었다. 다른 악기라면 조금 아는 것이 있다. 기타라고 하면 지미 핸드릭스라든가 연주에 대해 말을 꺼낼 수 있고, 드럼이라면 퀸의 로저 테일러가 있지 않은가. 보컬은 말할 것도 없고. 아니면 어떤 음악을 하는지 물어볼 수라도 있지만 문외한의 입장에서 베이스는 오래된 농담만 떠오를 뿐이었다.

'밴드를 하면 기타는 자기가 보컬을 조종한다고 생각하고, 드럼은 자기가 진정한 밴드 주인이라고 생각하고, 보컬은 자기 밴드라고 생각한다. 베이스는 보통 조용한데 이상한 놈들이다.'

이런 생각뿐이니 베이스에 대해 할 말이 없었다. 베이스 혼자서는 곡의 느낌을 표현하는 데 한계가 있고, 음의 이동도 적으니 그냥 재미없다고만 느꼈다. 수많은 베이시스트에게 미안하지만, 음악에 대해 잘 모르는 사람의 아둔한 생각이 이런 걸 어쩌겠나.

A는 어떻게 대답해야 할지 고민하는 내 모습을 보고는 직접 자신의 역할에 대해 설명했다.

"베이스가 어떤 역할인지 사람들은 잘 모르는데, 사실 라인을 깔아주는 역할이지. 베이스 없는 음악은 엉망이 되기 쉬워. 드럼하고 기타, 보컬이 자기 잘난 맛으로 연주하려고 하면 그걸 제어해줄 수 있는 게 나뿐인 셈이야. 거의 오케스트라 지휘자라고 할까."

농담 섞인 말이지만 자의식 과잉은 기타나 보컬에만 있는 것이 아닌 듯했다. 자의식 과잉이라고 놀리기는 했지만 그는 진심이었다. 남들이 베이스에 대해 어떻게 생각하든 그는 밴드에서 함께하는 음악을 즐기고 있었다. 관객이나 다른 사람들의 스포트라이트를 받지 못해도 그는 즐기고 있었다.

공연이 많지 않아도, 차고에서 연주를 해도, 가끔 주점의 무대에 설지라도 밴드와 함께하는 삶이 그의 정체성이 되어주었다. 직업은 생계유지를 위한 일에 불과했고, 베이시스트로의 직업이 그의 삶을 채운 셈이었다. 그러니 밴드에서 어떤 역할을 하든 그의 자신감은 확고했다. 공연을 하거나 연주를 할 때조차 그는 베이스에만 집중하며 밴드의 음악을 들었다.

"내 시야에서 공연을 보면 나를 중심으로 반원 안에 관객부터 우리 밴드 애들까지 다 보이는걸. 굳이 사람들 보기에 주인공일 필요가 있을까? 내가 좋으면 되는 거지."

A는 자신의 시야에서 집중했다. 베이스 세상에 빠져 자신의 삶을 자신이 가장 만족해하는 세상으로 꾸미고 그러한 삶에 만족했다. 그에게는 그 자신이 주인공이었고, 그가 만족하니 그걸로 끝이었다. 베이스를 잡은 덕분에 그는 남들이 보지 못하는 공연의 숨은 모습도 볼 수 있었다고 자랑했다.

이렇게 듣고 나니 베이스를 잡는 그가 조금 달라 보이기는 했다. 있어 보인다고 할까. 자존심이 아닌 자존감이 가득했던 그는 내 노트북을 잠시 빌리더니 그의 밴드가 공연하는 모습을 찾아 보여줬다. 그의 말 때문인지 공연하는 모습을 보는 내내 그의 모습밖에 보이지 않았고, 다른 악기나 노래보다 베이스에 집중했다. 나도 모르게 베이스의 시선에 물들었다.

46. 계획대로 되지 않고 있어

　모든 일이 계획대로 움직일 때 느껴지는 쾌감이 있다. 언제 어디서 무슨 일을 할지를 세세하게 계획하고 그 계획에 맞게 움직일 때, 마치 수많은 톱니바퀴가 완벽히 일치해 서서히 움직이는 거대한 기계장치를 보는 기분이다. 보통은 계획적으로 움직이지 않는 나이기에 스스로 세운 계획이 차근히 실행되는 모습에 익숙하지 않아서일 것이다.

　계획이란 것은 완벽한 상황을 상정한다. 초등학교 방학 때 세웠던 생활계획표를 떠올려보자. 일어나 씻고 아침 먹고 공부하고 잠깐 쉬었다가 점심을 먹는다. 식사 후에는 학원에 갔다가 집에 오면 복습하고 놀고 저녁을 먹고, 이후에 숙제를 하고 자유시간을 갖다가 꿈나라로 간다. 계획 자체는 완벽하다.

　하지만 아무리 완벽한 계획이라도 실천하지 못하니 틀어지기 마련이다. 방학 계획뿐일까? 지금까지 수없이 많은 시험을 준비하면서 계획을 세웠지만 성공적으로 끝난 경우가 거의 없다. 시험이 있기 전부터 주 단위로, 일 단위로, 시간별로 계획을 세우지만 항상 오늘 할 일이 내일로 미뤄지기 일쑤다. 하염없이 놀다 며칠 밀린 일정을 마주하면 이런 일정을 계획한 과거의 나를 원망하고, 알면서도 하지 않는 현재의 나를 자책한다.

나의 의지와 상관없이 계획이 틀어지는 경우도 있다. 대학생 시절 영화제작 동아리를 만든 적이 있는데, 영화는 1분 1초가 모두 돈이다. 카메라부터 각종 장비, 배우 섭외비, 장소 대여료 등 아무리 아마추어가 찍는 영화라고 해도 예산은 생각 이상으로 투자되었다. 때문에 돈이 부족한 대학생의 입장에선 최대한 계획을 철저히 짜두어야 했다. "아쉽게도 오늘 이 장면 찍지 못했으니 내일 찍어요"라는 말은 감히 입 밖으로 꺼낼 수 없었다. 내일은 대부분 내일 찍을 분량이 있기도 하고, 다시 찍기 위한 비용도 기존의 투자된 비용만큼 필요했다. 때문에 촬영 계획은 방학 계획이나 시험 준비처럼 지키지 못하면 자책으로 끝날 수 있는 것이 아니었다. 노력, 시간, 돈 그리고 스텝 모두를 책임져야 했기에 더욱 철두철미 계획을 세워야 했다.

하지만 이런 노력에도 불구하고 정말 생각지도 못한 사고로 계획이 틀어지는 경우가 생겼다. 충분히 대비하면 막을 수도 있지만, 어떤 사건들은 마치 벼락에 맞는 것처럼 너무나 예상치도 못하게 일어났다.

어느 아파트에서 촬영을 할 때였다. 며칠 전 관리사무소에서 경비원에게 협조를 얻고 시간 약속까지 받았다. 촬영 당일, 오전 촬영을 마치고 온갖 장비를 메고 들고 아파트로 향하는데 관리사무소에서 우리를 막아섰다. 허락을 받았다고 말했지만 소용없었다. 촬영 전 우리와 약속했던 경비원이 다른 경비원들에게 그 이야기를 전달하지 않았던 것이다. 심지어 당일 비번이라 나오지도 전화를 받지도 않았기에 우리도, 경비원도 어찌할 도리가 없었다. 아무도 예상하지 않은 교통사고에 당한 기분이었다.

삶은 예측 불가하기에 통제하고 싶은 마음도 생긴다. 그러나 이렇듯 언제나 계획은 틀어지기 마련이다. 여행에서도 계획은 언제나 어긋난다. 특히 즐거운 상상을 하며 세운 계획이 무너질 때도 있다. 그럴 때 실망은 더욱 커진다. 나는 시간과 돈을 들여 떠나는 여행이니 만큼 하고 싶고 보고 싶은 일이 많아 계획을 철저히 세워두는 편이다. 특히 누군가와 함께 가게 된다면, 뭔가 더 많은 것을 보여주고 싶다는 열망 때문에 더 착실히 계획을 세운다.

방학을 맞아 친구들과 일본 오사카로 여행을 떠났을 때도 일주일 계획을 모두 혼자 세웠다. 누가 시킨 것은 아니지만 그렇다고 나 혼자 계획 짜는 걸 아무도 말리지 않았다. 첫날에는 오사카에 대해 슬쩍 맛을 봤고, 둘째 날에는 오사카 근교에 있는 맥주공장을 견학 가는 일정을 잡아두었다. 한국에서도 유명한 맥주인지라 모두가 흥미를 보였다. 조주 과정도 볼 수 있고, 맛도 볼 수 있다 하니, 우리는 신선한 맥주를 상상하며 공장으로 떠났다.

하지만 안타깝게도 일본의 복잡한 지하철을 마주하자마자 모든 계획은 물거품이 되었다. 국철과 사철의 운영 주체가 달라 역 안에서도 갈아타야 했고, 일본어를 읽을 수 없으니 가는 길도 헤매야 했다. 어디로 가는지도 모르겠고 우리가 어디에 있는지조차 알 수 없었다. 왜 한국의 대중교통이 편하다고 외국인들이 극찬하는지를 이런 식으로 알고 싶지는 않았다. 결국 공장 견학을 위한 예약 시간이 지나버리고 지하철에 지친 우리는 알지도 못하는 동네에 떨어지고 말았다. 교외의 이름 모를 지역은 관광지와는 거리가 멀어 보였다.

역에서 나오고 보니 바로 앞에 재래시장이 있다. 여행 온 외국인이 갑자기 마석 오일장 한복판에 떨어진 기분이랄까. 계획이 틀어진 슬픔보다 분노가 먼저 차올랐다. 이렇게 복잡할 줄 알았다면 조금 더 빨리 움직일걸, 가는 길을 미리 알아두고 물어서라도 갈걸……. 기대가 컸던 만큼 후회도 커졌다. 하지만 이미 쏟아진 물이었다. 다시 갈 수 있는 방법도 없고, 오랜 시간 지하철에 있던 만큼 배도 고파졌다.

우리는 아무 말이 없었다. 서로 누가 먼저 화를 내야 할까 말까 하고 눈치를 봤다. 여기서 뭘 해야 할까, 어떻게 돌아가야 할까, 오늘 하루는 뭘 해야 할까, 모두가 말없이 머릿속으로 묻는 듯했다. 점심시간이 훌쩍 지났으니 밥이라도 먹기 위해 시장 안으로 들어갔다. 일본어를 읽지도 쓰지도 말하지도 못하지만 일단은 식당이라도 찾아야 했기 때문이다.

한국과 다른 듯 닮은 일본의 시장은 생각보다 신기했다. 일본어로 되어 있지만 익숙한 향기가 났다. 어디선가 우리 할머니가 장을 보고 있을 듯해 보이는 채소가게부터, 이름 모를 고소한 향기를 풍기는 길거리음식, 각종 보세 의류를 줄줄이 널어둔 옷가게, 저렴한 가격에 대량으로 파는 화장품 가게들까지. 나고 자란 땅에 있던 시장과 다르지 않은 모습이 오히려 신선하게 다가왔다.

그동안 우리가 만나던 일본과는 정반대의 모습이었다. 잘 꾸며두고 포장한 장난감 같던 일본은 TV나 인터넷에서 많이 만나 이미 친숙했다. 맛있는 걸 이미 알고 있는 음식을 다시 맛보는 기분과 비슷했다. 오히려 어디서나 만날 수 있다는 생각이 들 정도로 익숙했다. 하지만 새롭게 만난 교외의 작은 시장은 익숙하지만 낯선 모습을 보여줬다. 흔히 만나는 관광지의 일본이 아닌, 현지인들이 살고 있는 진짜 일본이었다.

시장을 둘러보던 우리는 허기를 채우기 위해 작은 식당에 들어갔다. 일본 드라마에서도 볼 수 없던 골목식당이었다. 말이 통하지는 않지만 다행히 일본식 카레와 맥주를 주문할 수 있었다. 계획대로라면 공장에서 마실 맥주였지만, 새로운 기분으로 만나는 시원한 맥주 역시 깔끔하고 상쾌했다.

인생은 계획대로 되지 않으면 슬프지만, 여행은 계획대로 되지 않아도 뭐 조금은 괜찮지 않나 싶다. 여행이란 내 발이 닿는 곳이 곧 길이며, 언제나 다른 길이 존재하니까 말이다. 사실 인생에도 다른 길은 존재한다. 영화 촬영 계획이 틀어졌던 과거의 나도 결국 주변을 뛰어다녀 다른 좋은 장소를 만났다. 원래 담으려던 아파트 골목보다 더욱 탁 트인 공간은 계획을 짤 때는 생각하지도 않던 장소였다.

계획대로 되지 않으면 순간 당황할 수도 있지만, 모든 길이 일방향인 건 아니기에 새로운 방향을 잡으면 다시 앞으로 나아갈 수 있다. 애당초 원래의 계획이 최고의 선택이라는 보장도 없지 않는가. 세상에 계획대로 되고 있는 건 래퍼 '마미손'뿐이다. 그러니 계획이 망가졌다고 자책할 필요는 없다.

47. 꿈을 반드시 이루어야 하는 것은 아니다

　그리스 자킨토스 섬의 "난파선 해변"이라 불리는 나바지오 해안에는 말 그대로 녹슨 난파선이 하얀 모래 위에 조용하게 잠들어 있다. 드라마 <태양의 후예>에서 처음 본 순간부터 꼭 한 번 가보리라 다짐했고, 그 다짐은 불과 1년 만에 이루어졌다. 백사장만큼이나 하얗고 웅장한 절벽이 난파선과 관광객들을 둘러싸 있고, 뜨겁게 내리쬐는 지중해의 태양과 새파란 물감을 푼 듯한 그림 같은 바다까지, 해안은 드라마에 나온 그 모습 그대로였다.

　해변 투어를 끝내고 바다가 보이는 작은 카페에 들어갔다. 자킨토스에 도착한 첫날 찾은 조용한 카페로, 테라스 밖으로는 바다향기가 자연스레 흘러 들어왔다. 그 향기와 풍경이 좋아 나흘을 머무는 동안 매일 이곳을 들르게 되었다.

　카페에 들어가면 정면에 찰리 채플린의 그림이 걸려 있다. 찰리 채플린의 영화를 특별히 좋아하는 것도 아니고 자세히 본 적도 없지만 이상하게 그림은 마음에 들었다. 아니, 그림 옆에 있는 명언

이 더 마음에 들었다고 해야 할까?

"Life could be wonderful if people would leave you alone(사람들이 너를 내버려두면 삶은 아름다울 거야)."

멋진 문구와 함께 찰리 채플린의 트레이드마크인 콧수염이 은근한 매력을 뿜어냈다.

카페 안에는 아직 손님이 없다. 오후 두 시에 가까운 시각이었는데 손님보다 종원업이 많다. 매일 앉았던 자리에 똑같이 앉아 그리스식 커피를 한 잔 주문했다. 그리고 일기장을 펴 조금 전 다녀온 나바지오 해변에 대한 글을 썼다. 평소에 글쓰기라면 버겁고 힘들지만, 여행을 가면 새로운 자극과 경험 덕분에 일기 쓰기가 수월하다. 꿈만 같았던 나바지오 해변에 대한 행복한 기억이 날아가기 전에 잉크로 새겨두었다.

종업원이 미소와 함께 커피를 가져다줬다. 같은 카페에 매일 오는 내가 신기했는지 커피를 내려놓으며 글을 쓰냐고 물었다. 나는 그저 '쓰는 행위'로 이해하고 그렇다고 대답했다. 그런데 이 친구는 'writing'이 아니라 작가로 글을 쓰는지 물어본 것이었다. 내 말을 잘못 이해한 그는 좋은 글 쓰라면서 자신도 내가 쓰는 이야기에 넣어달라고 말했다. 그러고는 멋있다는 칭찬을 덧붙였다. 아니라고 정정을 해줘야 했지만 빈약한 영어 실력 때문에 말해주지 못했다.

한 번도 남에게 말한 적 없는 꿈을 들킨 기분이라 부끄럽기도 했다. 어렸을 때부터 글쓰기를 좋아했지만 다른 사람에게 내 꿈이 작가라고 말해본 적은 한 번도 없다. 작가는 재능을 가진 사람만이 될 수 있다고 생각했기 때문이다. 또한 설령 내가 작가가 되더라도 크게 성공하지 않은 이상 재정적 압박이 있을 것이고, 그에 대한 부담을 견딜 자신이 없었다. 오르지 못할 나무는 쳐다보지 않는다고, 나는 내 꿈을 숨긴 채 살아왔다. 꿈은 단지 다음 단계로 가기 위한 계획이 되어버렸다. 취직, 자격증 따기, 결혼 같은 것들 말이다.

먼 나라 그리스에서 만난 카페 종업원의 한마디가 큰 파동이 되어 나에게 다가왔다. 그는 내가 무엇을 하고 싶어 했는지 다시 떠올리게 해주었다. 그 한마디로 인해 그동안 숨겨왔던 나의 꿈은 다시 태어나게 된 셈이다. 작가가 되기 위해 학업과 생계를 포기하겠다는 것은 아니지만, 잠들어 있던 씨앗에 물을 주듯 말라버린 꿈이 그 한마디로 다시 살아났다.

그러나 영화에서처럼 엄청난 삶의 변화는 일어나지 않았다. 한국에 돌아와 학업과 취업, 사회생활을 하다 보니 어느새 작가의 꿈은 다시 잠에 든 듯 보였다. 여행을 하면서 채워졌던 자의식이 다시 작아진 것이다. 내 꿈을 이뤄야겠다는 생각보다 당장 오늘과 내일 해야 할 일 때문에 눈코 뜰 새가 없었다. 하지만 그리스의 귀인이 던진 한마디로 다시 살아난 꿈은 결코 죽지 않았다. 자킨토스 여행 사진을 보면 카페에서 있었던 일이 생각나고, 그러면 잠에서 깬 꿈이 슬며시 눈을 뜬다.

꿈을 이룬다는 것은 힘든 일이다. 모두가 어렸을 때는 꿈을 가지고 있지만 그 꿈을 이루기 위해 노력하지는 않는다. 개인적 문제나 가정환경 혹은 사회적 시선 등 다양한 이유로 꿈을 포기하게 된다. 그렇게 포기한 꿈은 언제나 죽어 있는 듯 보이지만 가슴 한편에 자리 잡아 사라지지 않는다. 언젠가 아버지에게 어렸을 때 꿈이 무엇인지 물어본 적이 있다. 아버지의 꿈은 놀랍게도 기계체조 선수였다. 스무 살이 넘어 처음 알게 되었다. 초등학생 때만 해도 기계체조 선수로 고향에서 이름난 선생에게 배우기까지 했지만, 알거지나 다름없는 가정형편 때문에 포기하셨단다. 이 이야기가 영화나 소설이었다면 재정적으로 지원해주며 아버지를 아들처럼 키워줄 코치를 만나 역경을 이겨내고 국가대표가 된다는 식으로 흘러갔을 것이다. 하지만 현실은 녹록치 않다. 아버지를 대체할 선수는 얼마든지 있었고, 아버지는 꿈을 포기한 채 현실을 살아야 했다.

하지만 아버지의 꿈이 그저 꿈으로 사라져버린 것은 아니었다. 길을 걷다가 철봉 비슷한 것이 나타나면 아버지는 항상 이런저런 자세를 취하시며 당신의 몸놀림을 자랑하셨다. 그러고는 다 큰 아들에게 이런 것도 못하냐면서 내일부터 같이 운동하자고 농담을 던지셨다. 철봉 위에서의 아버지의 움직임이 나에게는 아쉬움이나 미련이 아닌 어린 시절의 꿈에 대한 향수로 느껴졌다. 꿈이라는 건 영원히 사라질 수 없다. 굳이 인생을 갈아 넣어 꿈을 반드시 이뤄야 하는 것도 아니다. 꿈은 잊힌 채 사라졌다가도 이따금 떠올라 내가 원하는 삶이 무엇인지 생각해보게 해준다.

48. 집으로 가는 길

　출국하는 모습은 각자 다르지만, 돌아오는 모습은 모두 똑같다. 기내에 갇혀 장시간 앉아 있었으니 온몸이 뻐근하다. 피로 가득한 얼굴로 짐을 챙겨 밖으로 나온다. 출국장에는 인파가 가득하다. 누구에게는 반겨주는 사람도 있고, 누구는 홀로 인파를 헤치고 나가야 한다. 돌아왔다는 반가움도 잠시, 피로 때문에 빨리 집에 가서 쉬고 싶다는 생각뿐이다.

　그래서 여행으로 생긴 피로나 병, '여독旅毒'이라는 말이 있나 보다. 병이 나지는 않았지만 피로는 풀어야 한다. 이젠 집 떠나 살아온 모든 시간을 뒤로하고 집으로 떠날 시간이다.

　그런데 왠지 마음이 편하지 않다. 아직 해결하지 못한 문제들이 한국 땅을 다시 밟는 순간 머릿속에 떠오른다. 떠나기 전부터 나를 괴롭히던 문제들이다. 여행하는 동안 잠깐 잊고 있었을 뿐.

　집으로 향하는 버스를 타 앉았다. 휴대폰을 보고 있자니 벌써부터 잊고 있던 문제들이 떠오른다. 집과의 거리가 줄어드는 만큼 산

적한 문제들과 만나야 하는 시간도 짧아진다. 버스 안에서 차근히 지난 여행을 되새겨본다. 고민이 없던 여행의 순간순간을.

　사실 여행을 하면서 걱정이 없었던 건 아니다. 이따금 머릿속에 문제들이 떠올랐다. 어쩌면 그래서 떠난 여행이었다. 단순히 도망을 위한 여행이 아니라 문제들을 하나씩 정리하기 위해서 떠났다. 그리고 여행을 하면서 문제가 해결된 것은 아니지만 조금씩 정리하며 해결의 실마리를 찾았다.

　물론 여행은 즐거웠다. 즐거움이 없는 여행이라면 떠날 이유가 있을까? 아름다운 풍경, 색다른 음식, 신기한 길거리음악과 언어, 낯선 향기, 발바닥에 새롭게 다가오는 도로의 울림. 모든 감각들이 새롭게 느껴지는 여행의 순간들이다. 수년이 지나도 쌓아둔 추억을 조금씩 떠올리며 살아갈 것이다.

　생각할 여유가 필요해서든 즐거움을 위해서든 여행을 떠나야 하는 이유는 다양하지만 돌아가야 하는 곳은 하나, 바로 집이다. '여행을 간다'라는 건 돌아갈 집이 있다는 뜻이다. 물리적 장소로서의 집이 아니라 내가 편하게 쉴 수 있는 공간으로서의 집이다. 집 없이 떠나는 건 여행이 아니라 이사다. 다시 집으로 돌아올 것을 알고 있기에 우리는 여행이라고 부른다. 나를 편하게 해주는 집으로 돌아가는 것이다. 여행지의 호텔이 아무리 편안하다 해도 내 집, 내 방만큼 안심을 주지는 못한다. 아무리 좋은 곳이라도 무언가 말할 수 없는 불편함은 존재한다. 애초에 돌아갈 곳이 있기 때문에 마음속으로는 안심을 하고 여행을 떠난다.

이제 집으로 돌아가 다시 문제와 마주한다. 문제를 해결해주는 사람은 없다. 직면해야 하는 오직 나다. 인간관계든 사회생활이든, 나를 괴롭히는 어떤 문제도 결국 마주하는 건 나다. 그 어떤 달콤한 말들이 다시 도망치도록 유혹해도 결국 해결하러 집으로 돌아가야 한다.

결국 먼 거리를 돌고 돌아서 집으로 다시 돌아왔다.

이렇게 보면 여행을 떠났다 돌아오는 과정은 인생이랑 비슷하다. 우리는 흙으로부터 태어나 온갖 문제를 마주하면서 평생을 걸어 다니고 스스로에 대해 고민하다가 결국 다시 흙으로 돌아간다. 그리고 그 과정에서 작은 행복, 작은 즐거움을 맛보며 삶을 살아간다.

다행인 건 여행이 끝나도 인생은 (죽기 전까지) 끝나지 않는다는 것이다. 즐거움을 찾으러 다시 떠날 수도 있고, 고민이 생겨 또 도망갈 수도 있다. 그래도 다시 집으로 돌아올 것을 알기에, 여행으로 또다시 나의 모습을 볼 수 있기에 오늘도 여행을 꿈꿔본다.

도망치고 싶을 때면 나는 여행을 떠났다

1판 1쇄 찍음 2021년 10월 20일
1판 1쇄 펴냄 2021년 10월 27일

지은이 박희성
펴낸이 조윤규
편집 민기범
디자인 홍민지

펴낸곳 (주)프롬북스
등록 제313-2007-000021호
주소 (07788) 서울특별시 강서구 마곡중앙로 161-17 보타닉파크타워1 612호
전화 영업부 02-3661-7283 / 기획편집부 02-3661-7284 | 팩스 02-3661-7285
이메일 frombooks7@naver.com

ISBN 979-11-88167-53-1 (03810)

· 잘못 만들어진 책은 구입하신 서점에서 바꿔드립니다.
· 이 책에 실린 모든 내용은 저작권법에 따라 보호를 받는 저작물이므로 무단 전재와 무단 복제를 금합니다. 이 책 내용의 전부 또는 일부를 사용하려면 반드시 출판사의 동의를 받아야 합니다.
· 원고 투고를 기다립니다. 집필하신 원고를 책으로 만들고 싶은 분은 frombooks7@naver.com로 원고 일부 또는 전체, 간략한 설명, 연락처 등을 보내주십시오.